我的大玩具

黃梅麟　著

獲益出版事業有限公司

我的大玩具

著　　者：黃梅麟
封面設計：西　波
校　　對：丘安盛
主　　編：東　瑞（黃東濤）
督 印 人：蔡瑞芬
出　　版：獲益出版事業有限公司
九龍土瓜灣道94號美華工業中心B座6樓10室
HOLDERY PUBLISHING ENTERPRISES LTD.
Unit 10, 6/F Block B, Merit Industrial Centre,
94 To Kwa Wan Road, Kowloon, H.K.
Tel: 2368 0632　　Fax: 2765 8391
版　　次：二零一八年九月初版
國際書號：ISBN 978-962-449-593-5

目錄

第二輯

第三輯

第四輯

第五輯

第六輯

寫給時代的動人情書

——序黃梅麟的《我的大玩具》

● 東瑞

梅麟兄出書了，我比他還高興。理由是，我的書出得比較多了，如果寫得很一般，出多一本少一本都關係不大；梅麟不然，本書是第一本，不是因為「物以稀為貴」而已，主要還在於他的勤奮和努力，終於交出了令人驚喜的創作成績。他寶貴的人生經歷包括我在內的許多人多數都沒有，他不少文章內容和構思的優勢未必個個寫作人都具備，好東西就要分享，這是第一理由；《我的大玩具》雖然以自己的經歷和思考為本，但其勾勒出的人生軌跡，在相當程度上，富有代表性和典型性，幾乎寫出了同樣是歸僑身份的同代人的大半生經歷和遭遇。這是第二理由。最後理由是作者梅麟兄有一支「不變紅心」的筆觸，個人得失看得很輕，國家的情懷、民族的大義看得很重，無論身處逆境順境始終不忘初衷，從不氣餒，無悔今生，說這五十六篇文章是一束「寫給時代的動人情書」絲毫都不為過。因此，對自己、對同代人、對時代和社會，在私在公，都變得很有意義，作為了解這半個多世紀以來的特殊時代和華人第三代的狀況，都提供了珍貴的參考資料。

梅麟兄出書，嫂夫人蘭英、我和瑞芬，他的許多親友，都大力支持，為他加油。一個人出書，其實和名利無涉。當然，目下一些人出書，不排除懷着個人目的，宣傳上也非常高調。梅麟兄和我出書，都是出諸愛好和興趣，結結集，送送朋友。他從二零一二年開始寫作，迄今不過六年，數量已達百篇左右，收在本書內的五十六篇文章，只是一部分，主要選擇了在印尼生活的回憶、歸國初期上山下鄉當知青的歲月點滴、初到貴境（香港）的艱難和拼搏奮鬥以及在港生活穩定後旅遊、探親、回鄉、家庭生活的種種，包含了幾篇人物素描和小小說。一句話，他始終都在寫自己，在有意無意之間哪怕寫別人，也注入了自己的喜惡和判斷，流露和體現了自己的價值觀。

《我的大玩具》一書內容好。好在梅麟兄以寫實的敘述為主，沒有那類較為空泛的抒情，因此其回憶性和故事性都很強。如第一輯裏寫老師、異族玩伴、園丁、母校、父親等都寫得充滿溫馨和懷舊的情味；寫上山下鄉的始末，文革遭遇、下鄉生活等等，都自然而然地帶有或淡或濃的故事性，劉以鬯曾經說：「簡單的結構較編造的敘述更能增加小說的真實度。」（《島與半島》自序）梅麟的散文或小說，情節都不復雜，因其認真回憶和動情敘述，都能達到感染、感動讀者的目的。因為細心挖掘，精心結構，都成了不可多得的佳作。如《血一般紅的酒》，內容從一次聚會的巧遇寫起，將主角手中的「血一般紅的酒」倒敘到動亂年月裏一位看倉庫老師的血濺校園的殘酷故事，刻畫出主角的不悔過，以及他人性中野性和魔性的一面，意象和敘述技巧的運用都很出色。《永存我心中的家》是梅麟兄參加「文字舞會」的散文，是我心目中第二屆冠軍作品。讀到那樣的作品令我萬分驚喜，翻查筆記，當時評語是這麼寫的：「大丈夫四海為家，家題材的寫法，角度五花八門，各擅勝場，您有海外的家，香港的家，您沒有寫，估計寫了多次，您的取勝之處就是另闢蹊徑，選擇了激情燃燒歲月裏獨特的臨時的家：五個知青加上伊布，就像一個完整的有母愛和親情的家庭，寫出了一個奇特的將下鄉文化和華印文化結合的充滿異色的家故事！家人來自六個地方，就如一家人生活在一起，互相取暖！十年動亂，依然有這種讓人感歎感動的故事而且是真實的事，太值得我們讚美了。」《土樓之戀》在文革的狂風暴雨中猶如溫馨的小夜曲，將作者「我」和「她」如何在艱難困苦的歲月裏互相取暖的畫面呈現在我們面前，人道、憐憫、仰慕、愛情融合在一起，兼而有之，連讀數次，人物形象呼之欲出，款款深情令人無法不動容下淚。

《我的大玩具》一書很勵志。正能量在於各篇都寫得頗為感人，原因在於作者的個性真摯，視寫文章為一次與讀者富有誠意的交流，而不需要吹噓什麼或掩飾什麼。我尤其喜歡第二輯中那幾篇初到香港的奮鬥歷程，豐富而精彩，艱難而感人：《腰纏萬貫的窮小子》的詼諧幽默，《書生賣錶》的笑中有淚，《客串水貨客》的奔波謀生，《初臨美國那些事》的異鄉求存，都無不貫穿了一股巴比龍式的屢戰屢敗、屢敗屢戰的樂觀精神和倔強毅力。他和嫂夫人蘭英相濡以沫，牽手同行生意路，終於走出了自己的一片艷陽天，頗為成功。《我的大玩具》中的這些散發正能量的勵志書，必會給我們種種有益的啟發和鼓舞。當然，還有更重要的意義是，梅麟夫婦白手起家、在香港社會上的拼搏，帶有典型和代表的意味，替歸僑在港的遭遇提供了出色的成功個案。

《我的大玩具》一書用情深，情到深處難自禁。大部分篇章都寫得有血有肉，細膩形象，真情流露，深深感染讀者，尤其是第三輯，包含了鄉親、旅情、親情、夫妻情、友情，甚至家國情，反映出退休後的梅麟，一方面彌補了當年做生意時因為忙碌而被忽略的種種感情、活動和聯繫，另一方面與蘭英牽手走出香港，遊覽各地，多看看我們美好的新世界，寫下了不少精彩篇章。無論是第三代的尋根之旅（《百年尋鄉願》）、懷念美味的舌尖之行（《遊杭州嘗東坡肉》《尋回兒時的美味》），還是描述異國情侶的特色婚禮（《不一樣的婚宴》）、提到國家情仇高度的一次與人力車夫的邂逅（《小樽市的一位人力車夫》）都寫得生動傳神、引人入勝。當然，還有許多篇章我們不要錯過，具有代表性的《我和我的祖國》、描述華人一步一個腳印走向成功的《他們就這樣站起來了》、對排華做出見證的《那段過去了的歲月》、深情走入歲月的《老家情未了》，寫兄弟情深的《點點滴滴都是愛》，都是那樣賺人眼淚！當然，《推輪椅的感觸》《那夜的星光真燦爛》《漫步夕陽下》裏細膩樸素的夫妻情，情味十足，一定會羨煞天下的夫妻。從當年激情燃燒的歲月裏一起當知青，「我」憐憫她、抓住她的滿是血痕的手來看和撫摸，到今天還是那樣欣賞她美麗的背影、「我的感覺還和以前一樣，還是覺得人比花嬌啊！」誰都會為大情痴梅麟的真誠感動，為蘭英的幸福羨慕不已吧！

《我的大玩具》一書文采好。不尚花巧，真誠樸實，深入淺出，寫人物的幾篇，以其人言談行動為主，細細刻畫，步步深入，從容不迫，《血一般紅的酒》的負面人性令人不寒而栗是這樣，《大華表哥》裏人物愛國情懷也是那樣令人難忘。最後的幾篇短篇小說，背景都放在青蔥歲月和激情燃燒的時代，都有一股「山楂樹之戀」的純真味道，將我們的思維加上兩飛翼，帶回到半個多世紀的保守社會裏，一種懷舊氣息隨著人物的性格和純真的戀愛情結撲面而來，與今天快速麵式的男歡女愛不可同日而語。原來，男女戀情雖然是永恆主題，但其表現模式原來是和社會的狀況和時代的風氣息息相關的。如果要說最愛之一，無法不說《我的大玩具》，從求取到放下，正是一個人一生必經的過程，區別只在於醒悟的早或遲而已。我在其發表時這麼評論過：「文章在邊敘述中，將諸種細節都描述得具體細緻，有條不紊，在不知不覺裏將你引入一個有關『放下』的故事，這是全文最成功之處。文章最怕生搬硬套，本文最初不動聲色、不留痕跡，堪稱典範。在自小夢想擁有「賓士」和捨棄、賣掉「賓士」之間，完美地將賣車的普通故事昇華、深化到一種哲理高度，造就一篇事關『放下』的深度好文。」

梅麟兄是一位文品、人品均佳的歸僑作家，退休十幾年來不想讓光陰虛度，用讀書寫作自娛，以行萬里和讀萬卷書的志向來勉勵自己，熱愛讀書，勤寫不輟，謙虛謹慎，也才能寫出那樣一批令人驚喜、愛不釋手的美文；不少人有心栽花花不開，拼命高調宣傳自己，於事無補；梅麟兄是無心插柳柳成蔭，有麝自然香。如今很多人沉迷於微信、臉書、朋友圈、網絡，將紙質閱讀視為洪水猛獸，梅麟兄不然，我不禁回憶起六年前從僑友網認識他不久，他就一口氣向我們出版社採購了一批圖書，潛心狂讀猛啃，有效地吮吸書中乳汁。從中學作文就貼堂的他，自愛努力，拾回了半個世紀前的興趣，而且更上層樓，卓有成績。也難能他有個美麗賢淑能幹的夫人汪蘭英與他同甘共苦，相互扶持，兒女孝順，兄弟鍾愛，美滿地走到今天。

因為本書是處女作，讀來甚有半自傳體的味道和性質，感覺上是非常美的一幅廣義上的自畫像，也是無愧今生、寫給時代、奉獻時代的一封長篇情書。

是為序，也作為賀詞吧！

二零一八年六月十六日初稿
二零一八年六月十七日修訂

愛情和書寫的雙贏

——序二

●蔡瑞芬

每天雖然都很忙碌，但東瑞在網絡和紙質報紙讀到什麼美文，都會走出書房，向我大聲推薦。在歸僑寫作人中，他推薦最多的是不變紅心（梅麟）的作品。

從在僑友網發表，到紙質報紙、印尼的《千島日報》刊登，梅麟兄僅是五六年的光景，文章就寫得那樣歡暢順利，美不勝收，脫穎而出，令人高興。

東瑞喜歡讚美文友的文章，不吝惜他的掌聲，但絕對不是不看文質；有其喜惡，也不是太主觀、沒有原則的。

「梅麟寫得不錯」是我常常聽到的一句話，連批評也很少。

如《土樓之戀》《血一般紅的酒》《書生賣錶》《那夜的星光真燦爛》《我的大玩具》《初戀》等等，他不住地讚美，推薦我一定要讀。我都一一讀了。從構思、內容、文字到感情，文章寫得確實很精彩。有敘述愛情的，有批判人性的，有寫自己做小販「走鬼」的，有寫女兒分娩故事的，有談放下故事的，有……其實，早在六年前初識詩，梅麟兄的一次舉動，就令我和東瑞刮目相看。事緣在商業社會，不少人不把書當有價格之物，以索取為主，不想付出分毫，梅麟不然，他重視書籍的精神價值，採購了一箱獲益版圖書，目的在於想認真閱讀，進行惡補。這個舉動，見證了梅麟兄的與眾不同。

在商業氣息濃厚的香港，梅麟和蘭英攜手拼搏，艱難創業，從無到有，從小到大，走向成功，在香港的歸僑中，屬於比較罕見的成功個案。探索其中秘笈，與夫妻同心、相互支持、言而有信、誠信第一有很大的關係，某些文章中就透露了他們在從商中，哪怕金融危機的艱難時期，也想盡辦法清還對廠家的欠債的細節，贏得尊重。寫文章方面，儘管越寫越好，也從不自滿，不愛張揚，為人謙虛謹慎，有了成績，低調處理；聽到意見，對的接受，感恩對方；不對的改正，再接再厲，繼續努力。從出書也可以看出他的自謙，還是靠了夫人蘭英的大力支持鼓勵以及我們的推動。

書內的美文東瑞已經有評語，不再贅述；我想說的是在離婚率高企的現代社會，夫婦生活在一起逐漸變成怨偶或「同在屋簷下，同床做異夢」的狀況的，不勝其多。梅麟和蘭英的一唱一和、夫妻同聲同氣的姿態不免引起讚美，也是很自然的。蘭英的美麗賢淑、能幹大方、入得廚房，出得廳堂，梅麟兄的儒雅溫情、謙虛謹慎、低調做人、誠實真摯，兩人結成夫妻，誠屬絕配；在婚姻路上牽手走了半世紀，在我和東瑞看來，這就是天作之合，早就是難得的緣分。寫作，少許天分加上後天的努力，一定可以慢慢進步，漸漸寫得好；但愛情和婚姻，個中有關的元素卻是複雜得多了，倘若時間越久，感情彌堅，那真是幾世修來的福氣，太值得我們艷羨和珍惜了。這比什麼都更重要。

梅麟兄終於接受大家的意見，決定要出書了，真是一個大好消息啊！

二零一八年七月十七日

憶張美麗老師

看見外甥孫女戴四方帽的神氣照片，很是羨慕她，她終於幼稚園畢業了！以後就可能沒機會再幼稚了呢，因為等着她的，就是功課繁重而緊張的、為時十多年的寒窗生涯啊！祝願她得到成功與快樂！

我羨慕她戴四方帽，是因為我自己沒有幼稚園畢業這回事！我六歲時，直接上小學一年級。六歲前，我盡情地玩，在玩耍中學習和成長，充分地享受了學前的自由與快樂！當然媽媽也有教我認字，好像：牛、羊、草、花、樹、鳥、門、窗……，等等。但所佔的時間很少。

張美麗老師和學生，後排右七是作者。

我雖然羨慕幼稚園的四方帽，但是想到他們兩歲就得上學堂，失去自由玩樂的機會，我還是選擇我的幼兒成長方式，可能會比較幸福和快樂吧？

在學前的各種玩耍當中，有個遊戲是我們經常玩的，就是玩上學堂遊戲。我年紀小，只能扮學生，姐姐們扮老師，她們可能仿效她們的老師，很愛用木尺罰打我的手掌（那時代學校還可以體罰），結果當然是我哭了，不玩了……。可能是給她們打手掌打怕了，到我六歲臨上學時，我對老師和上學有很大的恐懼，結果是給媽媽連哄帶逼地拉上學校的！

終於上第一堂課了，許多小朋友和我都在哭，我記得心裏害怕得很，就要見到大惡人老師了！你看，老師終於步入教室了……，咦？怎麼會是這樣呢？我的第一個老師，不是姐姐形容的那種惡人，而是留着兩條大辮子的美麗的大姐姐！笑容滿面的大姐姐老師，非常和善的大姐姐老師……，我的驚恐慢慢地消退，消退……

後來上學的日子裏，老師非但沒打過我們，我們哭了，她還安慰我們。我終於不怕上學了，反而很愛上學呢，因為大姐姐老師常誇獎我們，我感覺到她寵愛我們！並且我有同學了，我的同座名叫鍾康寧，班長名叫方才鶴……

那時候，半年為一學期，我從小學一年級上，升到一年級下時，換了班主任，學校裏也見不到大姐姐老師了。我雖然只有六歲，心裏卻懂得記掛她。雖然我從來沒有對別人提過，其實我記掛着她，一直記掛到六十年後的今天。她當時的容貌，現在都尚清晰地留在我的腦海裏呢！

當我年紀比較大了些的時候，曾想過她是不是回國了呢？因為她當我的班主任的時候，估計是剛高中畢業，十七、八歲的樣子，所以回國升學的可能性是很大的。但也可能她搬到其他學校教書，或者有其他的情況……

小學一、二年級時代的老師，我只記得她，現在她若健在，也應是接近八十歲的長者了！

她可能不知道，因為她的愛心和耐心，醫好了一個幼小的心靈，使我從恐懼上學變成喜愛讀書的人！使我從六歲開始一直到現在，從來沒有忘記過她，她是我第一位老師，名叫張美麗老師，一九五三年的時候，是印尼萬隆市廣華學校小學一年級上甲班的班主任。

張美麗老師，您在哪裏？

（寫於二零一二年九月四日）

兒童節的禮物

現在回望童年，覺得好像是非常遙遠的事了。童年對於我來說，似乎是昏昏噩噩的漫長幻夢。現在還能記得的零星事，都是一些特別高興，或者特別害怕，情緒波動較大的事。像第一次到牙醫診所拔牙，那是相當恐懼的事，便記憶猶新。那麼當時最高興的事是甚麼呢，仔細回想，應當是兒童節！

各國的兒童節，日子不同，我念書的華僑學校是過六一兒童節的。六月一日那天我們學校不必上正常的課，老師領我們去禮堂看表演，但是我最喜歡的還是看完表演回到課室，老師給我們派發的禮物。我們渴望的禮物，當然不是甚麼電子遊戲機，或者甚麼有趣的玩具，那時還是上世紀五十年代中期，科技還沒那麼先進，社會還沒那麼富裕。禮物，只不過是一些零食，而且是現在的孩子們見了會嗤之以鼻的東西，卻已能令我們興奮，甚至感恩到今天！

那是一個小紙袋，裏面裝有一些餅乾、水果糖和一條巧克力糖。

記得有一年的兒童節，我只吃了一顆水果糖和一塊餅乾，便把禮物袋小心地收好，我捨不得一下子把這額外獲得的零食吃完，打算慢慢地分多次享用。回到家裏，見到住在鄰近的表哥在我家裏，他比我大兩歲多，塊頭卻大得多，成了我們這群小孩的領頭人，帶我們玩各種遊戲。我和他到我家後園彈玻璃球，正玩得高興，有個約莫三、四歲的小男孩走來，他是幫我們洗衣燙衣和做清潔的女傭人西蒂（Siti）的孩子，也許那時難請傭人，所以母親允許她帶着孩子來工作。這時聽到在屋裏燙衣服的西蒂的聲音：「大當（Tatang），過來！」是西蒂叫他的孩子大當回到屋裏去。大當轉過身便要回去，我那表哥從口袋裏掏出一小袋炸花生，拿出兩粒給大當，大當放進嘴裏吃，也就不理他母親了。表哥又拿出幾粒花生，誘大當到園子深處，然後拿了一個橡皮圈，把它拉緊瞄準大當，作狀要彈射他，也許大當嘗過被橡皮圈彈射的痛苦，他啊地叫了一聲，轉頭就走。這時屋裏又傳來西蒂的聲音：「大當，過來！」我覺得西蒂是聽到大當的叫聲，知道有人欺負她的孩子。表哥叫住大當，拿出花生對他說：「花生，給你！」大當猶豫了一下，便轉身要拿花生，表哥又作狀要彈射他，大當怕被彈射，自然又轉身走開，就這樣重複好幾次，看見大當又想吃花生又怕橡皮圈的滑稽樣子，表哥樂得哈哈大笑。我卻感到表哥很壞，這樣欺負小孩，我就大聲地對表哥說：「我告訴媽媽！」說完就跑出去，表哥也跟着跑出去，邊跑邊說他回家了。

表哥走了，大當在玩我們的玻璃球。我很可憐大當被表哥欺負，忽然想起剛才帶回來的兒童節禮物，便把我最喜愛的巧克力掰了一半，再拿兩粒糖和一塊夾心餅，跑到後園送給大當。這時我又聽到西蒂的聲音：「大當，過來！」

西蒂和大當不久後就不在我們家出現了，從此之後也沒有再見過他們。若大當還健在的話，現在也是六十多歲的老頭子了。我和他的緣份就像閃電那樣一閃即逝，可是就這樣，他便跑進我的心裏，成為永遠的思念！

二零一六年六月九日

園丁和他的兒子

每年的六月第三個星期天，香港人都會過父親節。每當父親節懷念父親的時候，我常會想起一個人。

小時候我在印尼的家，門前有一片小空地，種了一些花草，變成相當美麗的小花園。待到草長得高了，就會請園丁來整理一下。有一天有個園丁來找工作，媽媽就叫他整理花園。我很愛看園丁剪草，就跑出去看，卻發現那園丁帶了一個小男孩來，他比我小一點點，大約七、八歲的樣子。我就問園丁，這是誰呀？他說是他的孩子。他們是當地人，皮膚比較深色，但我覺得他樣子很可愛，就問他要不要玩玻璃球，他點點頭，於是我就進屋裏把玻璃球拿出來和他一起玩，他彈得不很準，玩了一下就不要玩了。

這時候我的媽媽捧出一個托盤，上面有一個茶壺、茶杯和一隻小碟，碟上有兩塊圓形餅乾，放在大門前，叫園丁吃。他倒了杯茶叫孩子吃，孩子好像很餓，很快就把餅乾吃完了，又對父親說，他還很餓，他父親說那再喝茶吧，他不要，就在那裏啜泣，父親安慰他，說很快就可以完工，就有米帶回家煮飯吃了。

我知道媽媽是給他一公升白米作為酬勞的，我想原來他家裏已經沒有米煮飯了，怪不得這小孩子很餓。我記起早餐的麵包還沒吃完，就跑進去拿了兩片給他，小孩不敢要，高聲叫父親。他父親回頭看見我拿麵包給他兒子，就連聲對我說謝謝，並叫孩子接受麵包。那時我看見園丁的眼睛裏噙着淚光，我覺得很奇怪，怎麼大男人也會流淚呢？

完工之後，媽媽給了他一個裝有一公升米的紙袋。他叫兒子拿米回去，他的家就在我們家後面那片茅屋區裏。「爸爸不回去嗎？」那可愛的小孩問園丁。

「爸爸還要去找工作。你聽話，把米拿給姐姐煮來吃吧。」

「但是爸爸還沒有吃飯。」「爸爸不餓。」

他們離開了，我跑到籬笆門邊看他們，他們分道揚鑣，父親往右邊走，小孩向左邊去，我一直向兩邊望，直到他們的背影都望不到了，才走回屋裏。

二零一四年六月九日

我跟爸爸到外埠

父親離開我們已經超過三十五年了，但是迄今我還會在夢中和他相會，每次見到他時，我都忘了他已去世，就會像當年那樣和他下棋、談話或幫他清點存貨等等。最近就經常夢見他提着一個小皮箱在我前面走。醒來後我覺得這場景很熟悉，在哪裏呢？想了好久，突然靈光一閃，明白那是五十多年前，我和他到外埠時，在我腦海中留下的一個景象。

於是有關這件事的記憶便逐漸復蘇起來。

那時我只有十歲左右，有一天跟父親搭長途汽車，由萬隆去東南方約一百二十公里的打橫市（Tasikmalaya又譯為：斗旺）。當年的長途汽車，可不像現在的那樣寬敞平穩舒適又有空調，而是沒空調又擁擠，連中間的通道都擠滿了人，及人們帶的雞、鴨、玉米棒子，還有小麻袋裝着的穀子、番薯之類的農產品。車廂裏充斥了人的臭汗味、雞鴨屎味，還有中人欲嘔的汽油味，這些都令我感到很不舒服。我還有些暈車，父親給我在太陽穴和胸口搽了些「萬金油」才好一些。那時公路失修多窟窿，汽車顛簸着慢慢爬行，沿途又不斷地上落客。雖然如此，我還是很興奮，因為對我來說，到外地就是遊玩，一切都新奇！

捱了四個多鐘頭的長途汽車，終於到了打橫。

一輛北渣（Becak、三輪車），把我們和隨身帶的兩個厚紙箱貨，送到了旅館，那是父親代理的頭痛粉、萬金油等等日常藥品。我看見用印尼文和中文寫的旅館招牌，中文字寫的是「梅冬旅館」。那時候印尼還沒有大規模排華，中文字的招牌尚隨街可見。進入旅館，掌櫃笑臉相迎，看見我，也對我笑了笑，就對父親說：「這次帶小孩子來玩？」

「是啊！」父親說：「現在放暑假，在家老是和弟弟打架，所以帶他出來走走。」

我聽了很覺得尷尬，心裏埋怨父親怎麼說我老是和弟弟打架呢？但也只能默默不出聲。

第二天早餐後，跟着父親出門。父親說要去市裏各處的小店看一看，檢查一下阿林的工作。阿林就是父親公司的推銷員。父親提着一個小皮箱，裏面裝着藥品，叫了一輛北渣，把我們載到某處。下了車就向街邊一間瓦弄（Warung小雜貨鋪）走去，卻見許多顧客在買東西，父親對我說先到前面那一間，便沿街道走去。這條街沒行人道，只能在街上走，為了避車，不能並排走，所以父親在前面走，我緊跟其後。沒想到五十多年後，這幕父親在前面提着小皮箱走的景象，竟在我的夢中反復出現！

到了前面那間瓦弄，店主是一個肥胖的中年當地婦人，父親向前和她打招呼：「早安，伊布（Ibu對女士的尊稱）」

「早安，伯。」店主很有禮貌，她看出父親是推銷員，就問「有甚麼介紹？」

「有好東西！」父親從小皮箱拿出一扎一打的頭痛粉交給她看。

「哦，××牌頭痛粉，我知道，有人來推銷過。但是現在生意清淡，以後再說吧！」

「哇，這是好東西呀！傷風、感冒、頭痛、發燒，還有周身疼痛，吃了它，五分鐘後就舒服了！而且請留意，為甚麼別的牌子零賣每包才一盾錢，我們的要賣一盾半呢？」父親說到此處停頓了一下，放慢速度，一字一字地說，「因為——效——果——顯——著！」

「我就覺得同樣都是頭痛粉，怎麼貴這麼多？」

「就是因為特效，用過以後肯定會回頭買，請相信我，絕對特效啊！而且現在特價打八折！過了這星期就沒有折扣了，伊布若沒信心，先買一打，或者拿半打六包試試也可以。」

「那倒不至於，那就給我三打吧！」

我為父親的成功推銷高興，這位伊布還買了山道寧驅蛔蟲藥和萬金油等等。

接着我們走了六、七間瓦弄，父親說阿林這推銷員還是很勤勞和負責的，這些店都有來推銷，不過可能口才還不夠，有些店還沒成功推銷。

中午時我們到了一個巴刹（市場），這巴刹很大，除了菜、魚、肉檔之外，也有許多乾貨和雜貨檔。記得我們的午餐就在一個麵檔解決的，我吃我最喜歡的牛肉丸麵。

餐後，我們就在巴刹裏行動。有一個檔口，只有一個貨架子，擺了一些藥品，另外就是幾個木凳子，有個穿短褲背心的華人，也許是中醫師，正在給一個菜販模樣的人刮痧。我們進去坐下等他們，見那醫師幫病人刮完痧，又捏肩和頸，接着從熱水瓶倒了一杯水給他喝藥，另給他三小包藥粉，是帶回家吃的。

這刮痧醫師向父親買了好些頭痛粉，我聽父親對他說，給他的價錢是特別優惠的。事後我問為甚麼要給他特別優惠呢？父親說，他賺的是辛苦錢，到他那裏求醫的也都是小販、三輪車夫等等貧苦人家，所以我們少賺些，不虧就算了，我點頭稱是。

到下午收檔時間，我們已去了好多家檔口，帶來的藥都銷完了，便回旅館去了。

洗澡後，父親帶我去吃晚飯。走到一條街上看見幾家餐館，有一家餐館的中文招牌寫着：「小小飯店」，我覺得名字有趣，就提議到那裏吃晚飯，於是父子倆就進去坐，父親說我今天走了一天，怕是累壞了，就點我最愛吃的白斬雞吧，我滿心歡喜，但這餐飯的味道如何，已經不記得了，只記得出菜非常慢，餓得我要命。

我們吃飽了起身離開時，有一個人從門外閃進來，去拿我們的剩菜吃，父親回頭看了看，叫了一聲「阿財」，那人抬頭望着父親傻笑，我心想這人是低能兒（低智商的人）。父親過去牽他的手，把他帶到角落的位置坐下，和他說了幾句話，又到櫃檯和老闆說了話，才和我走出去。我問父親怎麼會認識那低能兒？父親說以前做推銷員時，常在這裏的幾間餐館吃晚飯，就經常見到他吃人家的剩菜飯，這裏人叫他阿財，最愛吃炒麵。原來父親剛才就是向老闆買一碟加豬肝的炒麵給他，我聽了不知為甚麼竟有一種很感激父親的感覺。

第三天的活動應該類似第二天，第四天就回萬隆去了。但有關這些的印象我都模糊了。跟父親到打橫的事，對當時的我來說，應是極其重大和高興的事，以至在五十多年後的睡夢中，還會出現其中的片斷！

爸爸，雖然你離開了那麼久，我還是很懷念你！

二零一六年一月十五日

年夜飯

小時候最令我欣喜的事當屬過年，也就是春節。過年有紅包（利是），有新衣服，有各種糕點，還有除夕夜媽媽親自下廚的年夜（團圓）飯。那時代社會還不像現在那麼富裕，這些過年的東西，平常日子難以見到，所以我們感覺到它們的珍貴。

回想起來，當年的年夜飯還是相當隆重的，大家團坐在飯廳的橢圓形飯桌邊，除了我們一家人外，還會有單身在萬隆市工作或念書的親友、職員等，共十多人。大家興高彩烈地喝着媽媽自釀的糯米酒，吃着媽媽鄭重其事地烹調出的豐盛美饌，有魚翅羹、罐頭鮑魚煲雞湯、鹽焗雞、梅菜扣肉、煎酥燒（客家炸豬肉）、豬肉丸、薰魚、炸大蝦等等。邊吃邊喝邊談天，大人小孩皆大歡喜。

有一年的年夜飯，有一對夫婦也到來參加，我知道他們，前幾天他們剛來過，父親告訴我說，那男的是父母親在邦嘎冷岸（Pangalengan）教書時的學生，名叫阿松。父母親在第二次世界大戰日本南侵前，曾在那裏教書。

邦嘎冷岸是印尼萬隆市南方約四十公里的山上小鎮。受到一九五九年印尼總統第十號法令影響，那裏的華僑被逼遷，不可再做生意了，很多華僑選擇回中國，而父親的這位學生阿松選擇遷到萬隆，在萬隆父親給他介紹了工作，一年多後臨近年關時，他和妻子忽然來到我家裏找父親，他們在客廳談話，那時我正在飯廳做功課，隔着門簾聽到他們的談話。原來他被公司辭退了，平時薪水就不很夠用，所以手停口停，下個月吃飯都成問題了。

我聽見父親問他，說他的妻子在家裏開小瓦弄（小雜貨店），應該有些收入的，怎麼會搞到連下個月的吃飯錢都沒有呢！他說沒本錢，所以賣的貨種類太少了，就很少人來買。父親問他若進多種多樣的貨，會不會有客來買呢？他說他那裏人口稠密，應會有生意的。父親建議他把客廳全部改做店面，全心全意做瓦弄，不要打工了，至少可以找碗飯吃。他說好是好，但是完全沒本錢，沒辦法做。

接着他們沉默了，我覺得奇怪，就躡手躡腳走向門邊，在門簾後面向客廳窺視，看見阿松和老婆哭喪着臉，坐在沙發上望着父親，父親雙眼盯着茶杯發楞，我熟悉父親這種神態，他和我下棋遇到困局時，就是這樣。忽然父親說：「行！」，聲音相當大，把我嚇了一跳，我急忙回到飯桌裝着做功課。這時聽到父親說：「阿松，你們兩人，首先不要垂頭喪氣，你們最多三十歲吧？還很年青嘛，只要肯幹，大把希望的。」「是，是。」阿松有氣沒力的聲音。

「現在第一個要做的，就是阿松，你去理個髮，把你的頭髮剪短一些，這樣看起來，就精神一點！」父親停頓了一下，繼續說，「過幾天過年了，年三十晚六點鐘你們過來，和我們一起吃年夜飯，過了年，就有新希望，你們用心把瓦弄做好，找碗飯吃應沒問題，發不發財那是要看命水的了。」「好，年三十晚我們會來的。」

「要我一下子拿出一筆錢幫你把瓦弄做起來，我也沒那麼多錢，但我會想辦法讓你做起來……」

我正等待父親說出怎麼幫他，卻見父親掀開門簾走進飯廳，看見我，就叫我到後面倉庫，把我們的一台閒置不用的稱和砝碼拿出來。我只好到後面去了，好不容易才在亂物堆中把它們找出來，拿到客廳。父親把稱調試了一下，用一個舊紙箱把稱裝好，用麻繩綁好，對阿松說：「開瓦弄要用稱來稱花生、綠豆、薯粉等等，就不用買了，我這台稱給你用。」阿松和妻子一起向父親鞠躬道謝，拿了稱走了。

我拿出稱子的時候，便發覺阿松夫婦已不再垂頭喪氣了，心裏很想知道父親是怎樣幫他們的，待他們一走，便迫不及待地問父親。父親說明天會叫相熟的木工師傅伯阿末到他們家裏把貨架子簡單地做起來。過了年就帶阿松到大巴剎（市場）的幾家雜貨批發商那裏，讓他們賒貨給他，解決他沒本錢的難題。我聽了很懷疑他們會不會賒賬給阿松，便問父親：

「他們肯定會賒給他嗎？」

「我做擔保人就會賒。」父親說，「因為他們都有向我拿貨，都欠着我的錢，所以他們不會怕收不到阿松的錢。」「如果阿松哥還不了他們怎麼辦？」

「那我就必須負責還他們，但阿松就自斷後路了。」

很快又到第二年年關了，吃年夜飯時阿松夫婦沒有來，第三年他們也沒有出現，於是我就問父親怎麼這兩年不見阿松哥來吃團圓飯，父親說他們現在生意忙，阿松嫂去年又添丁，他們真忙得不可開交。父親又告訴我，臨過年時阿松哥來過，送來幾罐墨國鮑魚和一大塊千層牛油蛋糕，並把兩年前父親借給他過年和開瓦弄時需要的一些錢還清了。

有一次我路過阿松哥的家附近，順便把摩托車駛到他家前，停車觀察，見他的瓦弄貨物很多，買東西的人還真不少。心想，他真的站穩腳步了！

二零一六年一月二十四日

憶當年一件樂事

前些日子，從香港回印尼萬隆家鄉遊玩，當我乘坐的汽車駛進萬隆卡鐸•蘇布羅多將軍道（Jl. Jen. Gatot Subroto）之後，就望見前面路口的三角形草地上，有一輛坦克車，它停泊在草地上的一個約一公尺高的混凝土臺上。啊，是這輛獨立戰爭時立過戰功的英雄坦克啊！想當初我回國升學前的少年時代，它就已停泊在那裏作為紀念了。現在，五十多年了，我已白髮蒼蒼，它依舊巋然不動地停泊在那裏！

我為英雄坦克感歎之際，聯想到發生在坦克斜對面街邊的一件小事。當時是六十年代初期，我在那裏的一個補車胎的檔口，看檔主為我補電單車（摩托車）輪胎的時候，遇見一個老頭子，他是乘馬車來的。馬車在檔口的路邊停下——當年萬隆的汽車少，馬車還可以在馬路上自由行走——馬車夫揚聲問補胎師傅，問他知不知道老闆名叫阿勝的輪胎店？師傅問有沒有地址？馬車夫指一指坐在後座的那個老頭說，老頭子甚麼地址也沒有，只吩咐找輪胎店查問，找了一個上午，怎麼找得到呀？我看馬車夫滿腹牢騷的樣子，再望望那老頭，見他是一個精神困頓、身材削瘦、臉頰凹陷，額頭上有幾條像火車軌般深深的皺紋，頭髮剪得很短的白髮老人，從他曬成深褐色的皮膚看，會以為他是當地巽達（Sunda）人，但是看見他那明顯的單眼皮我知道他是華裔。我心想萬隆這麼大，沒地址怎麼找哇？於是我問老頭怎麼回事，他告訴我，他剛乘火車來萬隆投靠他的侄兒，錢包丟了，侄兒的地址在錢包裏。現在他只知道侄兒名叫阿勝，在萬隆開一間輪胎店。我想馬車走得這麼慢，那老頭的資料又這麼少，甚麼時候才能找得到哇？看來老頭遇到大麻煩了。於是我叫老頭下車，我說我用電單車帶他找會更快。老頭從馬車上慢慢地下來，他穿了一件褪了色而且很皺的舊襯衫，和已洗得發白的黑色斜紋短褲，腳上穿着一雙很髒的舊球鞋，他脫下右腳穿的球鞋，從鞋裏抽出一張鈔票，遞給馬車夫，馬車夫看了看鈔票，卻不接，說走了半天才給這麼一點錢，太少了。老頭說錢給打荷包打掉了，沒有錢了，本來以為找到阿勝才拿錢還車費的。我摸了摸褲袋，還好，除了補車胎的錢外，還有準備繳學費的錢，於是我抽出一張鈔票給馬車夫，馬車夫看了看鈔票，伸手接了，說聲謝謝，就轉身駕馬車走了。

我問老頭，除了阿勝和輪胎店之外，還有其他的資料嗎？他說，他的侄兒很信佛，和一個大庵堂的人很熟悉，找庵堂的人問也許會知道，但他不知道庵堂的名字。我聽了心裏歡喜，大庵堂沒幾間，容易找，就先找庵堂查問吧。

輪胎補好之後，我叫老頭在電單車後座坐好，他的行李只是一個很小很舊的行李袋，挎在肩上就行了。我載着他到較近的草園街一間庵堂，院子前面的鐵門關着，我按了門鈴，一會走出一個中年婦女，我把來意對她說了，她搖搖頭說不認識。我看老頭露出失望的神情，我安慰他說，不用急，再到下一間庵堂找吧。

我們很快就到了另一間在芝巴達街的庵堂。按了門鈴，一會一個齋姐——當年萬隆庵堂的修行人，都是不落髮的女修行人，我們稱她們為齋姐或齋嫲——她打開木門，隔着鐵門和我們講話。我把情況對她講了，她問：「阿勝姓甚麼？」

「姓楊，叫楊春勝。」老頭回答。

「那就對了，」齋姐說，「他會來這裏，但現在不在，你們到他店裏去找吧，他的店在阿斯打納新街××號，靠近茗園酒家。」

我聽了感覺就像放下心頭的大石一樣，鬆了口氣。謝過齋姐，就載着老頭去找那楊春勝的店，很快就找到了，真的是賣輪胎的店，裏面有個二十歲上下年紀的女孩，我把事情對她講了一遍，她哦了一聲，面向老頭問：「這位就是傑叔公嗎？有聽說過傑叔公要來的。」接着就熱情地招乎她的傑叔公坐下。我看這老頭——傑叔公的臉上綻出了笑容，困頓的神情即時煙消雲散了。我知道找對了地方，於是向他們告辭，傑叔公連忙站起來，說：「馬車錢還沒還給你！」我笑着搖手說：「小意思，不必了！」說完就離開了。

我跨上電單車，把車開得風也似的快，身心都有說不出的快意！

二零一四年四月八日

我的母校

在這頭髮已經斑白的美麗夕陽時節，靜心回望自己的過去，發現有一個階段是相當美好的。那就是童年至高中畢業這一階段，那是我此生中最沒有壓力和無憂無慮的日子。而其中，從小學一年級讀到初中畢業的母校，給了我許多快樂的回憶。

我是六歲才進學校的，沒讀過幼稚園，一上學就讀小學一年級。那是一九五三年六、七月份，在我的出生地印尼萬隆市，我報讀一所新開辦的學校。那是由一個華僑同鄉會團體廣肇會館所開辦的華僑華語學校廣華學校。初辦時，只有七間教室和一個大禮堂。教室不夠，連禮堂也臨時劃出一部分間隔成教室，教務處也設在禮堂裏。

在母校前的籃球場合影。

到了大約是二或三年級時，學校要擴建。我想其建築費用，主要應該是由該同鄉會的董事們負責，但也有發動學生向父母及親戚募捐。當時因某種原因，不說募捐，而改用「獻磚運動」這個名稱，表示你捐獻多少塊磚，用來建教室用。實際上一塊磚代表當時的印尼錢一盾。我和姐姐都獲發一份募捐卡，上面印有「獻磚運動」字樣，裏面印有表格，其中印有獻磚人、數量等等。

我母親把我和姐姐的募捐卡帶到雅加達，回來時，上面已寫有我的外祖父和幾個舅舅的名字，他們每人各捐了十塊磚。這樣我們就完成了任務，可以上交給老師了。獻磚運動結束後，總結大會上校長表揚了幾個募捐成績突出的同學，有一位還獲頒金質胸章，以示嘉獎。我很羡慕他們，因此印象深刻。

接下來學校後面的空地就建起五間教室，學校也逐步增辦至初中三年級。

在「獻磚運動」期間，我姐姐發生了和捐款有關的一件小事。當年我姐姐放學經常和一個同路的女同學走路回家。一天姐姐回到家裏，告訴媽媽說，她們在路上撿到一張五盾錢鈔票，她們決定平分，錢由她的同學帶回去，明天會帶二盾半給她。她說她想把這錢捐給獻磚運動，問媽媽好不好，媽媽說好的。第二天姐姐回來，對媽媽說她的同學說回到家裏，那五盾錢不見了。當時我姐和她的同學吵起來，驚動了老師，老師請雙方家長明天到學校協商。

第二天當媽媽從學校回來後，對我們說，姐姐同學是由她的父親做代表的。他說他女兒一回來就說撿到錢又不見了，衣袋書包翻遍了都沒找到，他非常堅持不會拿出那兩盾半來。我媽看他不可理喻，就對老師說，難得我姐姐有捐獻的心願，她會給我姐姐兩盾半捐給獻磚運動。說完就告別老師回家了。

說回那些新建教室，它們比舊教室漂亮和舒服得多，主要是光線從兩邊來，不像舊教室的光線只從左邊窗口來，所以光亮很多。我初中時期許多快樂時光就在這些教室裏度過的。我的許多基礎知識，也是在這些教室裏獲得的。有些友情也是從這裏開始，維繫到現在……

我從小一開始，一直在這母校讀到初中三畢業，它沒有高中部，我只好到其他學校讀了。高中剛畢業，我馬上被它招回去當教師，當我以教師身份重回母校時，感覺是奇特的，也是開心的。想起當時有件令我感到意外的一件事，就是我第一次進入初二班教物理課時，當全班同學起立向我說老師好的時候，我望見站在最後排的一個大個子，竟是我認識的人。看見他，我感到很尷尬，因為他，曾經是我初小時代一起玩的同班同學……

不久之後，發生了我永遠不會忘記的事，那是一九六六年三月十二日，我是下午班老師，中午回到學校裏，剛在我的座位上坐下，一個同事走過來對我說，今天在市中心阿倫阿倫廣場，有許多學生組織、政治團體正在開祝捷大會。據說散會後可能會衝擊全萬隆市的華僑學校，教務主任吩咐我們作好思想準備，萬一他們來，不要和他們對抗，保護學生安全疏散！

第一堂沒有我的課，我懷着忐忑的心情，坐在座位上批閱學生的作文。忽然聽見隱隱約約的喧嘩吶喊聲，聲音由遠而近，逐漸大聲，忽然聽到重物撞擊學校大門的聲音，很快地，從吶喊叫囂聲知道他們衝進學校裏來了，其中一股人衝進教務處，他們高喊：

「你們都回去，走！走！這裏被我們沒收了！」

這時有人把一張桌子弄翻，又有人打碎玻璃窗，他們的一個頭目模樣的人大聲說：「不要破壞，這裏已經是我們的了，別破壞自己的東西！」

有一個中學生模樣的人衝到了我的桌子前，把我剛批改好的一大疊學生作文本，雙手拿了往上拋去，它們飛起來又散落到地板上。他對着我吼叫：離開！回去！……

我和同事們協助學生們全部撤離後，也步出學校。我看到學校前面的操場上，堆着我們學校的藏書，他們在放火焚燒，一條黑煙柱沖向天空。望着黑煙下面閃爍的火焰，我想起我第一次來母校上課的情形。那是母校初開辦的第一堂課，也是我初次上學的第一堂課，我和母校一起成長，時至今天，我已是母校的一位教師了，沒想到竟目睹母校被人扼殺的全過程。它被當地的某些極端派學生組織強佔了，接着被政府正式封閉。

雖然從那天開始母校實質上已不存在了，但直到現在，它仍活在我們師生的心坎裏。

血一般紅的酒

那天參加校友會的週年聯歡會、宴開五十多席，碰見好些多年不見的老同學，談笑風生，好不高興。同桌的老許便是自下鄉插隊以來，頭一回重逢的同宿舍老朋友。他說他剛回去廈門看看，現在乘高鐵，從深圳到廈門四個小時就到了，非常方便！

他指了指我們桌子前方不遠處的一群人叫我看，說：「你看我們那個張頭頭，得意忘形！」我順着他的指示望過去，果然是我們以前的造反派頭目，大家習慣叫他張頭頭的，他胖了好多，以前的尖嘴猴腮好像被吹了氣般地漲成圓臉了，不說真是認不出來了。他拿着酒杯頻頻和人敬酒，喝酒，高談闊論，興高采烈的。他酒杯裏的酒很快就喝完了，一個同學給他杯裏斟酒，是紅酒，顏色很紅的酒，斟得好滿，看他呷了一口，我竟有種錯覺，似乎感覺他杯裏的紅酒，像鮮血，鮮紅色的血，和當年賴老師的血一樣的紅！

賴老師是誰？他是管我們大件行李倉庫的老師。這是近半個世紀前的事了，那時我剛從印尼回到祖國，被分配到廈門。我和四十多個同學乘了兩天三夜的火車，終於到了學校。我們的大件行李，宿舍裏放不下，只能放在學校的行李倉，管倉庫鎖匙的就是賴老師。他協助我們放好了行李之後，就對我們說，我們剛到，累了，明天下午兩點鐘開倉庫給我們整理行李和取存物品，以後就每星期開一次倉。

我們乘飛機回國的同學，行李都不多，不像乘郵輪的同學，有大藤籃、大皮箱、甚至鐵箱。第二天開倉時，我只拿了幾件厚衣服就完事了，走出倉庫，見管倉的賴老師站在門口，便和他寒喧。昨天匆匆忙忙沒端詳他，今天才看清楚，估計他二十八、九歲，身材魁梧，比我略高，剪了平頭短髮，英俊的臉龐使人一看便生好感，只是我感覺到他眼裏流露出一種憂鬱的眼神。由於他話不多，談一會我就走了，但也瞭解到他的一些情況，原來他也是華僑，是我們學校的體育老師，姓賴名華傑，是幾年前從印尼邦加島回國的。我聽說他是從邦加島回來的，自然就多了幾分好感，因為我父親也是在邦加島出生和長大的，後來才搬到爪哇島去。

當時我們到學校報到後，雖然也分班級，但學校已停課搞文化大革命，我們整天就看大字報和聊天玩耍，學校裏有一批教職工變成「牛鬼蛇神」，他們胸前掛着牌子，有的寫地主分子，有的寫軍統特務，有的寫三反分子，五花八門，他們總是在掃地、洗廁所，管他們的造反派學生對他們吆喝踢打，有時也開大會鬥他們。把一群人這樣公開侮辱，對我們剛回國的學生來說是很難理解的，我想縱然他們有罪就審判坐牢吧，為何要用這種遊街示眾式的侮辱呢？遊街示眾是封建時代的事物，我們不是比資本主義更先進的社會主義社會了嗎？怎麼還這麼野蠻呢？我心裏充滿不理解，但從大字報觀察和形勢上感覺到，我應該不出聲為好，只是心裏充滿的疑問使我越來越鬱悶。

我們的宿舍住了十個同學，其中年紀最小的是小胖，才十三歲，他是和哥哥一起回國的。小胖很逗人喜愛，很得我們造反派頭頭們的歡喜，於是他就成天跟在他們的屁股後面轉。他回到宿舍便會講述頭頭們的動態，比如說今天去抓某某老師，是個漏網右派，還有膳食組的某某招供貪污飯票等等「罪行」。這些人都被抓到牛棚（關「牛鬼蛇神」的地方）裏了。我們是新到來的學生，不認識這些老師職工，只是感覺怎麼壞人越來越多了呢？而這些人其後都在群眾大會上被批鬥。

有一天小胖回來告訴我們，賴華傑老師被抓起來了，他不認罪，被張頭頭左一巴掌，右一巴掌打到鼻孔流血。我吃了一驚，問小胖：「管我們行李倉的賴老師？」

「是啊！」

「他犯甚麼錯誤啊？」

「他是特務！」小胖見宿舍裏的同學都看着他，等着他的回答，就故作神祕地說，「是美蔣特務！」

「怎麼會突然變成特務呢？」一個同學問道。

「他爸爸是國民黨員！」

「有人揭發？」

「頭頭說保衛科透露的資料。」

「賴老師承認他爸爸是國民黨嗎？」

「賴華傑說資料是他自己填檔案時寫的，在新中國還沒成立時，他爸爸已是僑領（華僑領袖），為了方便為當地華僑利益服務，所以參加國民黨，新中國成立後，他爸爸支持新中國，就不要國民黨了，還把他也就是賴老師送回國讀書。他就是死不承認是特務！」

聽小胖的講述，我想起我有個富有的親戚也是這樣，新中國成立後，他把孩子們送回國升學，並響應國家的號召，在廣州的華僑投資公司大量投資，在廣州華僑新村買樓，而他以前為僑領工作方便，也曾是國民黨的海外成員。所以我覺得賴老師說的事應該是真的。

也許賴老師是我認識的少數老師之一，又和我父親一樣是邦加人，加上我覺得他在印尼時只是華僑學生，根本不可能是特務，所以他被抓進牛棚裏的事，我心裏很不舒服，我覺得這是胡搞亂來，但是在當時的形勢下，我唯有靜默。不久在鬥爭「牛鬼蛇神」的群眾大會上，賴老師胸前掛着「打倒美蔣特務份子賴華傑」的牌子，頭上戴着紙扎的高帽子，也站在臺上挨鬥。

那時學校分成兩派，觀點越來越對立，也許為了表現自己的革命立場堅定，兩派都紛紛把「牛鬼蛇神」召到各自的總部審訊，希望能破大案立大功。小胖告訴我們，賴華傑輪流給兩派召去審訊，張頭頭他們把他當成練柔道用具，把他不斷地摔到地上，摔到他鼻青臉腫。

「他承認是特務了嗎？」一個同學問小胖。

「他死不改悔，就是不承認。所以挨打！」小胖說，「張頭頭說海外有資本家兼國民黨的父親，回國來幹甚麼，明顯就是潛伏進來做特務！」

「不是說要文鬥不要武鬥嗎，怎麼老打他？」

「對階級敵人就是要狠！頭頭他們都這樣說。」

不久後一個上午，我們幾個同學正在宿舍裏閒聊，突然小胖衝進來，上氣不接下氣地説：「快去看，空中飛人，賴華傑從四樓飛下來。」我們都急忙跟着他跑下樓，跑去前面的學校行政大樓的樓下，有一些人圍着看，我擠進去，看見一個人伏着躺在地上，也許腳骨斷了，一條腿竟倒折壓在身上，在頭顱周圍地上有一大灘鮮紅的血。看到這景象，我忽然感到頭暈想吐，連忙退出來，這時耳邊響起張頭頭的聲音：賴華傑頑固到底，自絕於人民！

後來小胖告訴我，那天早上張頭頭和幾個嘍囉，又去牛棚把賴老師提出來，帶到四樓總部準備再審訊，到了四樓，賴老師推開看押他的同學，縱身一跳，跨出欄杆，飛落地下。小胖說那時他跟在張頭頭的身後，所以看得一清二楚……

「你要紅酒嗎？」老許推推我的手問我，把我從回憶中拉回來。

「不要不要！我喝茶就可以了。」想到賴老師頭顱流出的血，我哪裏還會想喝那血一般紅的酒？我抬頭向前望，看見張頭頭正在呷着紅酒……

二零一五年六月一日

坐欖不忘做欖人

一九六六年我離開印尼回到祖國，被分配到廈門集美僑校，那時回國的印尼華僑學生實在多，學校宿舍住滿了，宿舍旁邊的課室也闢成宿舍，最後實在容納不下了，後到的同學就分配到附近的集美中學。

那時因為搞文化大革命，全國學校都已停課，我們到校後雖也分班，但卻沒有上正式課，大家聚在一起，主要學習毛澤東著作，談感想，討論大字報等等。有時大家被召集到大餐廳裏批鬥「牛鬼蛇神」，他們原是學校的教職員工，對於他們怎麼會變成「牛鬼蛇神」，我們也不很清楚，心想大概就是壞人吧。但看他們戴高帽，胸前掛侮辱性的牌子，在批鬥時受盡侮辱。心想，若有罪就判刑嘛，為何要用這種封建時代的粗暴不文明的做法羞辱人呢？

回想起來當時還很幼稚，對國內發生的文化大革命不很明瞭，朦朧地跟着大家行動。不久學校的同學也跟着廈門大學分成兩派，課室也不去了，整天都在寫大字報、辯論，接下去廈門兩派搶槍武鬥，局勢混亂。在此情況下，我們的同學不少都外出到親戚家裏避難當逍遙派。直到六八年底，革委會成立了，號召同學們回校複課鬧革命，大家才紛紛回校裏來，也回班級學習毛著等等。到六九年初，同學們終於明白，等了幾年的複課升學的希望是肯定落空了，出路很明朗，就是上山下鄉當農民。

最初有一些積極性高的同學響應號召，他們帶頭徒步「長征」到永定縣（福建省）農村落戶，以表決心。後來報名的人少了，學校裏卻出現了戀愛風，起先是我們宿舍樓下常有女生呼喊房號，樓上男生聽到他戀愛對象的聲音，就從視窗探頭，然後下樓去了。女生宿舍當然也出現男生在樓下叫房號的事了。

那時候學校裏經常在大餐廳開大會，主要是上山下鄉動員大會，有時是學習毛主席著作積極分子學習心得講用大會，等等。開會時，我們按班級分別席地而坐，後來有些同學就坐在自己用木板做成的小木櫈上。有一次開會，大家剛坐好，我們班裏的一個調皮男生就說：「喝水不忘掘井人。」

另一個就接口說：「坐櫈不忘做櫈人。」

那調皮男生拍拍前面坐的女生，說：「小玲，你的櫈子好不好坐？」「好坐！」

調皮男生又說：「小玲，坐櫈不忘做櫈人啊！」「神經病！」

「不是呀，妳看你的櫈子底面刻着甚麼字？」

小玲把小櫈子翻過來看了一眼，說：「我不知道有字喔！」

男生都笑起來。我不清楚甚麼事，問我旁邊的同學，他說：「阿昌在追小玲，給小玲做了個很好的小櫈子，在底面刻了一行字：坐櫈不忘做櫈人！」

我才知道班裏又多了一起戀愛故事。

過了幾天，在宿舍門前的走廊，我見到阿昌在用心地抹一輛單車，抹得閃閃發亮還不停手。我對他說，抹得像新的一樣喔。站在一邊的同學說，是小玲的，當然要抹得非常亮才行呀。那時互相追求中的男女同學，男的常為女生做些較粗重的工作。女的就為男生煮些東西吃，縫補衣服之類。似乎學校多了一些溫馨。

別小看這一場戀愛風，這可造就了不少對姻緣，就我班上來說，也有六、七對成功的。那個時代和現在不同，只要讓你牽了她的手，她就一輩子跟着你了。後來下鄉之後，同小隊或大隊的同學，又有許多結成夫妻。所以我們開玩笑說，我們以升學的名義回國，實際上是因為千里姻緣一線牽，來和遠地的配偶相會。

至於阿昌和小玲故事如何呢？我聽他同宿舍的同學講，他在印尼時已經心儀小玲，礙於有一個同學先於他擺明車馬追小玲，所以他不敢行動。到了僑校，小玲似乎名花無主了，他就對小玲示好，他是乘輪船回國的，帶了很多行李，那時國內緊張難買的洗衣肥皂，拿來沖飲的阿華田、罐頭牛油等等都帶了回來。而小玲是搭飛機回來的，行李自然少。阿昌便把這些市面上緊張難買的東西送給小玲，可是小玲沒有接受。我們旁觀的人，都覺得他真的是一心一意地為小玲做了許多，大家都在祝福他成功，希望精誠所至，金石為開。

有一天，我到他們宿舍玩，見阿昌大白天還睡在床上，我問同學他是生病嗎？同學把我拉到走廊，對我說，阿昌被小玲明確地拒絕了！從昨天就一直在床上，枕頭都哭濕了呢。

唉！真是襄王有夢，神女無心，落花有意，流水無情啊。奈何？後來他們都先後下鄉去了，各自找到自己的另一半。看來緣份都是註定了的吧？

現在，夜深人靜時，偶而回想這些半個世紀前的事，確實充滿了甜酸苦辣，也有許多無奈，然而一切都過去了，唯有莞爾而已。

二零一四年五月十四日

永存我心中的家

是在那個大時代，隨着全國轟轟烈烈的上山下鄉高潮，我和我校大部分同學，都是歸國華僑學生，奔向農村，到閩西永定縣土樓區安家落戶當農民，當時還有個時髦名稱，就是：知青（知識青年）。

我們先乘火車，再轉乘載貨汽車，然後步行兩個半小時的山徑，終於到了我們安家的地方。那是一座四方形的福建土樓。我們把行李安放妥當，已是傍晚時分，五個農民家庭把我們五個知青帶到他們各自的廚房吃晚飯。以後的一段日子，我們將在他們家裏用膳，成為他們家庭的臨時成員，於是我就多了兩個妹妹和一個弟弟。幾年前我離開了父母和溫暖的家庭

當時住的土樓（內觀）。

之後，終於在這裏好像又有一個家了，至少又有人關心我的冷暖和擔心我的飢和飽。

土樓大門裏的寬闊過道靠牆兩邊有木板做的長凳，當晚生產隊在那裏召開社員大會，沒座位的都站着，主要是把我們介紹給大家，生產隊長說我們是來自印尼的歸僑學生，因為熱愛祖國而回國參加建設，叫大家多體諒和照顧我們。

散會後，有一個皮膚黝黑，額上有幾條深皺紋的老農婦趨前握住我們的一個女同學的雙手，說：「你們真是印尼來的嗎？」我一聽，楞了，老農婦講的是爪哇腔的印尼語！在這個客家山村裏，怎麼會有講印尼語的農婦呢？女同學用印尼語回答她說是，並問她是印尼回來的嗎？她竟激動地流下眼淚，向我們訴說她的故事。

原來她是印尼中爪哇三寶龍市附近的村民，是當地爪哇族人，因為工作的原因認識了在三寶龍市開中藥鋪的盧先生，後來就嫁給他。五十年代時，盧先生對她說永定家鄉的房子很大，要回去住，她就跟着來到永定家鄉。幾年之後，盧先生因病去世，留下她一個人在農村，她不識字，和印尼親戚也就斷了聯繫，十幾年來只有在夢中才能講印尼話，我們的一個女同學是來自中爪哇的，能用她的母語爪哇話和她說話，更使她哽咽不成聲。當地人稱呼她是「番婆」，我們和她講印尼語，自然稱她為「伊布」（Ibu），印尼語中的伊布，是對女士的稱呼，而孩子稱呼母親也是用伊布這個詞。

大約過了半年，公社革委會知青辦呼籲我們知青以生產隊為單位，自已開伙煮飯吃，我們生產隊五個知青便決定自已開伙，生產隊要向社員借廚房給我們用，伊布就自願借給我們。她的廚房本來就已一分為二，一邊是她現在用的廚房，另一邊當作雜物倉，她把雜物清走，知青辦把國家撥給知青的安家費的一部分撥給生產隊，讓生產隊把伊布借出的廚房粉刷一新，修理好爐灶等等，一個新廚房就交給我們知青使用了。生產隊也劃出一點自留地給我們種菜吃，還修好一個糞坑給我們作集肥用。我們五個知青就像親人般組成了一戶沒有血緣關係的家庭。

有新廚房自已開伙吃飯，我們都很興奮。但我發現伊布比我們更興奮，她主動幫我們把自留地整理好，教我們種芥菜、四季豆、小芋頭等等。我們的菜還沒長好，她天天把她菜地裏種的菜拿給我們，我們感到不好意思，想拿些錢補償她！她見了竟流下眼淚，說：「我沒孩子，沒親人，你們遠離父母，你們叫我伊布，我就把你們當作孩子！你們給我錢，就是把我當外人，當我是貪錢的人！」我們聽了都不敢出聲，我們確實感覺到她的真心。

我們還發現每天天沒亮，我們還在睡夢中時，伊布從水井打水先裝滿我們廚房的水缸，才裝她自己的。當時燒火煮飯，燒的是一種當地稱為「蘆枝」的蕨草，是農婦用出工耕田午休的時間在山上割的，我們都是新手，割不到足夠燒的，伊布就特別割多一些給我們。我們點點滴滴的困難，伊布都看在眼裏，默默地幫我們解決。

有一次我的扁桃體發炎，高燒三十九度，退燒後，我的同學把稀飯端上房給我吃，還有一碗有兩隻雞蛋的湯，我問是不是他買的蛋？他說是伊布煮給我吃的。我知道伊布養了一隻生蛋的雞，每次收集了幾隻蛋，她就拿到墟市去賣，換回的錢用來買鹽、點燈照明的煤油等等，每個蛋對她的生活都很重要，現在一下子就為我犧牲了兩隻，我的心頭一熱，淚已盈眶，我感受到她如母親般的關懷。

那時候我們都有一種感覺，我們五個知青加上伊布，就像一個完整的有母愛和親情的家庭，我們曾說，沒想到我們遠離父母和家庭，來到這山村之中，還能感受家庭的溫暖。我們感慨地說，這是我們的「伊布之家」。

不久後，國務院有政策允許我們這些歸僑出境回原居地，一九七二年開始，我們陸續地離開了永定農村，我們的「伊布之家」也就自然解體了，但是它的溫暖和我們的伊布，卻永遠留存在我的心裏……

二零一五年十二月四日

回鄉探母

和余先生在我住的土樓外合影。

一九七零年的某一天，我依約在廈門華僑大廈見到了余先生，他是我們在印尼萬隆市的家的斜對門鄰居，剛從萬隆來，打算回閩西永定縣的家鄉省親探母。他和四年前我回國時的印象一樣，還是那麼俊朗與溫和。他見到我，顯得很高興，溫暖肥軟的雙手緊握着我的手，忽然歎息了一聲，説沒想到我回國升學卻變成到他家鄉附近耕田。——那時因為文化大革命，我回國求學不成，和許多歸僑學生一起，被下放到農村插隊當農民，地點離余先生的家鄉不遠。

我收到父親的來信告知，於是我到廈門華僑大廈見他，將陪他回家鄉去。

在華僑大廈的房間裏，我看見他帶了兩個大行李箱和一個綠色的大帆布袋。當時國內物質缺乏，回國探親的人，總想多帶一些東西幫助國內的親戚，余先生也是這樣，就連屬於糧食的「速食麵」也帶了兩大紙箱。

在閒聊中，余先生告訴我，大約二十歲時因家裏種的糧不夠吃，他便跟同村的人一起出洋，投靠在爪哇島萬隆市的堂叔。那堂叔在市區開了一間中藥鋪，正好缺人手，他便在那裏幫手。看來他是個勤快的人，很得堂叔的歡心，兩年後堂叔作主幫他娶了鄰居一個僑生的女兒。可惜那時日本南侵，佔領了南洋，大家的生活變得困難，他們的女兒又出世，他說那段日子最辛苦。

好在不久日本就投降了，幾年之後，局勢漸漸平穩，堂叔資助他在另一區開一間小藥鋪，貨源由堂叔供應，他終於既成家又立業了。

幾年間他的藥鋪已甚具規模，他想叫他哥哥的孩子出洋幫手，但那時出國的通行證已不容易辦了，只好作罷。他本人一直想回去看望母親，也因種種原因一再拖延。直到他離開家鄉三十年了，母親也近七十歲了，他決心為母親慶祝七十歲生日，才促成這次回國探母。

當時國內的交通還很不便利，我和他用最方便的方法，也就是在中旅社包一輛小汽車，直趨永定縣的湖坑公社，那裏是當時汽車所能駛到而又最近他的家鄉的地方。我們到達時，他家鄉的人已等待多時，於是他們挑着行李，簇擁着他向東走了約一個多小時的石小徑，便到他的老家Y村。余先生的老家是在一個長方形的福建客家土樓裏，土樓中央是天井，四周貼着牆都是木造房間，樓下是廚房、二樓有的做倉庫，有的做房間，三樓都是睡房。廚房也是會客聊天的地方。余先生被領到廚房，見到了他的媽媽，他抓住媽媽的雙手，兩人對望流淚。見此情形，我也忍不住想哭，趕緊走開。在廚房外面卻意外地碰到一個熟人，是湖坑糧站的老余，前些時候我去買國家給我們新下鄉當農民的知識青年的補助糧時，認識的糧站職工，原來他竟是余先生的堂弟，和他說了一會話，便一起到廚房裏去。

這時余先生和他的媽媽已坐下談話，余先生把我介紹給他的媽媽和在場的人，叫我稱呼他的媽媽為叔婆。余叔婆抓住我的手，用我意料之外的宏亮聲音，看着我說：「你在番片（南洋）沒耕過田，做甚麼回來耕田呀，你吃得消嗎？」說完不住地搖頭。當然，她是不能理解我們當年的志向和文革的形勢，但我深切地感覺到她對我的關心和同情。

我坐下來和他們一起談天，這才看清楚余叔婆，她身材削瘦，個子也不高，從臉上明顯的皺紋，覺得她很老了，但她的一雙眼睛炯炯有神，聲音特別宏亮，讓人見了自然生起幾份敬意。她很健談，在談話中他說他的兒子，也就是余先生，在三年困難時期，寄了很多豬油、白糖和僑匯回來，不但救了他們一家人的命，也幫了不少親戚度過難關……

談話之間，陸續來了不少遠親近鄰，為了不影響余先生見客，我到隔鄰他的堂弟糧站老余的廚房和他閒聊。我在他們那裏住了一晚，第二天早飯後就告別大家，回我的生產隊去。臨走時，余叔婆叫她的一個兒媳拿出三包余先生帶回的速食麵，和兩隻熟鴨蛋給我，我推辭不掉，只能收了並感謝他們。從Y村到我那裏，先要走回湖坑，再沿東北方向的石小徑走一個多鐘頭，總共要走兩個多鐘頭的山路。

回到我住的土樓，同在一起的知青對我帶回來的速食麵感到很新奇，我們回國時，印尼還沒有速食麵，大家都是頭一次見到，對湯包能沖出有蔥花的甜美麵湯嘖嘖稱奇，把它們煮了，放上余叔婆給的鴨蛋，美美地把它們分來吃了，過後還常提起它的美味呢。

約莫半個月後的一天，余先生和他的一個侄兒，忽然來到我們的生產隊，真難為他一個養尊處優的城市人要走這麼遠的山路。他說他來看看我住的地方，回去可以告訴我父母親，並和我在土樓外的山邊用他帶來的照相機拍了照。又吩咐我過兩天再到他家裏，他要請全村人吃飯，當作給母親做生日。我依時赴約，經過湖坑時，碰巧遇見糧站的老余，他請了假正要回Y村參加生日宴，於是我們結伴而走，路上他抱怨說，名譽就很好聽，說是阿哥從南洋回來，實際上他只給我一百塊錢，甚麼都沒有。我心想，我賺工分要兩百多天才有一百元，一百塊錢也不少了呀。但看他憤憤不平的樣子，便安慰他，我說余先生要給媽媽做生日，請這麼多村人吃飯，也許他怕不夠錢，所以先給一點，以後應該還有的吧。

到了Y村，已經好熱鬧了，土樓門前的空地和曬穀場上擺了許多桌凳，我向余先生和余叔婆道喜之後，就先到糧站老余的廚房和他對酌了一會沉缸酒，不久就有人叫我們入席了。生日宴主要是菜乾（梅菜）炆豬肉、黑豆煮鴨肉、炒禾米粄（類似上海炒年糕）和米飯，對平日難得嘗到肉味和油味的村民和我來說，已經覺得是大大地解饞了。

吃了生日飯回到家裏，糧站老余的抱怨總在我的腦海裏迴旋，我想一個人一百元，一個村的人都沾親帶故的，余先生要派多少紅包錢呀？還有隨身帶的那麼多東西，旅費等等開支，回鄉探母也不是件容易的事啊。

余先生在家鄉住了三個月就回印尼去了。臨走那天我在湖坑和他告別，同他握手時，他左手在我的衣袋裏塞了一包東西，我意識到是塞給我錢，我連忙說不要。他右手還握住我的手，左手按在我的肩膀上，說：「你比以前瘦多了，臉色又青，真擔心你的身體跨了！多買些豬肉來補養吧。這一點錢，我回萬隆時會向你爸爸要回來的，不要推辭了。」說完轉身坐上那已久等了的汽車，走了。

望着飛揚的泥塵中漸漸遠去的汽車背影，想起余先生剛才關心我的話，這是離家之後第一次聽到有人這麼關心我的話，不覺熱淚盈眶。

二零一五年十一月十四日

善叔

有些事情真是會歷久常新的。己經過了近半個世紀，那曬穀場的影像還常常浮現在我腦海裏。那是我下鄉插隊時的事了，曬穀場就在我們住的城堡般的（福建）土樓外，每逢收割季節，我便在那裏負責生產隊的曬穀任務，所以對它印象特別深刻。

有一天傍晚，我在收拾曬了一天的穀子，準備把它們挑回土樓內當作臨時穀倉的大廳裏收藏。這時耕山隊的隊長善叔剛從公社開會回來，他二話沒說，便幫我挑穀子。

看着善叔邁着矯健的步伐挑着穀擔子，心裏真佩服他，他個頭不算高，還有些消瘦，但力氣卻很大，曾看他劈柴，舉斧砍下，木柴即時裂開，我試過這麼砍下去，木柴無損，斧頭

1994年回土樓探望善叔

卻彈向一邊！

有他幫手，穀子很快就挑完了。我把大廳鎖好後，善叔拉我到他的廚房，拿了碗水和幾個紅薯給我，叫我坐下談話。他說耕山隊要加人手，問我願意調到耕山隊嗎？我當然非常願意！

一年前我們大隊從屬下七個生產隊抽調隊員組成了耕山隊，我們生產隊的善叔被推舉為隊長，他們把大隊南邊的山坡平整好，種上從閩南買來的鐵觀音茶樹苗。現在基本工作已完成，每天的工作就剩下澆水澆肥等較輕鬆的事，因此有較多的空餘時間，他們便打算搞製米粉的小作坊，以增加耕山隊的收入。善叔叫我去耕山隊，負責保管米粉倉庫等工作，其實我知道他是有心照顧我的，瞭解我冬天下水田，腳的關節會痛，所以當時推薦我任曬穀員，現在調我到耕山隊，就是默默地照顧我腳痛的問題。

善叔比較瞭解我的情況，是因為我初到他們的生產隊插隊落戶時，就被分配到他家裏吃飯的。那時我剛回國不久，頭腦簡單樸素，心裏保持着回國為祖國和為人民服務的初衷，當聽毛主席叫我們接受貧下中農再教育時，我想我們在南洋城市長大的人，也許真的缺少貧下中農所具備的優良品質吧！所以我到善叔家搭伙吃飯的時候，心裏是敬重他們和有心學習他們的，是懷着接受他們給我再教育的心態的。

離家回國，便過着宿舍生活，直到下農村到善叔家吃飯，我又重新感受到家庭的關懷，善叔善嬸及他們的小孩們，都把我當自家人看待。那段時間，向善叔善嬸及生產隊員們學會了農活。當時我想，叫我們接受再教育，除了學會幹農活外，我又學了甚麼呢？明顯的就是他們的刻苦耐勞的品格。農活可以說是繁重的體力勞動，加上當時每年糧食不夠用於維持到夏收。農民一年到頭下飯的菜，主要是自留地種的芥菜，生活確實是勞苦而艱辛的！但他們默默地生活着，有時還是挺開心的。這種刻苦耐勞的精神和樂觀豁達的生活態度，對我後來的人生路有極大的裨益，因為和他們的處境相比，後來的一切都是小問題了。

記得有一次上頭有指令，每家每戶必須挖備戰防空洞，好像是和當時珍寶島事件有關，大家都到附近山上挖洞。我們生產隊知青剛自己開伙煮飯吃，也算一戶。我們三個男知青只好也跟他們去挖，挖了三天，才挖出一人高、半米深的洞，我們都已精疲力盡，手掌起泡，沒信心挖下去了。看看他們挖的，都有一米多兩米深，大部分都可以交差了。就在此時善叔過來幫我們，他說我們沒有做慣農活，先歇一歇，他拿起鋤頭就拼命挖。最後在他的幫助下，總算完成任務了，當時我們非常感激他，沒他幫忙，我們不敢想像怎樣能完成任務。

在農村幾年，善叔熱心教會了我許多農活，留心幫助我和知青朋友解決困難，使我們更快地適應當農民的生活。

1994年回土樓探望善叔

不久之後，國務院有政策讓我們這些歸國華僑申請離境。再三考慮後，我決定申請。善叔聽後，非常支持我，認為我離境後可以在城市生活，較適合我們城裏長大的人。他叫隊裏的會計給我寫了很好的評定證明，和我的出境申請書親自拿到大隊蓋章，並送到公社革委會，叮囑他們儘快送到縣公安局。約三個月後申請被批准，我便告別善叔善嬸和生產隊員們，離開了。

如今回想起這些事，很感激他們言傳身教，傳授了刻苦耐勞的精神給我。善叔在生活上，工作中，以至我申請離境時，就像長輩和朋友那樣地幫助和支持我。在我的人生路上，善叔堪稱是一個重要的良師益友啊。

二零一六年十二月十一日

一笑泯恩怨

和一個分別了幾十年的同學意外相逢，理應感到高興才對，但我那時心裏的感覺竟是：「哎呀，真不想見到你！」

那是去年的事了，我參加了一個同學會組織的短線旅行團。那天的節目是在一個度假村自由活動。本來該去拍照、游泳和浸溫泉的，但事不湊巧，當時烏雲密佈，雷聲隆隆，伴隨着狂風大雨。大家唯有聚在度假屋酒店大堂裏，東一堆西一群地聊天。這時一個學妹對我說，有個當年下鄉插隊時和我同一個大隊的同學，也參加這次旅行，問我知道嗎？

「有嗎？我沒發現有這樣的人喔。」我說。

「他看旅行團友的名單，說認識你，但也認不出你來。」她說：「都四十多年不見面了，看來你們都變化很大啊！」

「他叫甚麼名字？帶我見他，好嗎？」

「我找他去。」她說着就走到遠處一群同學那裏。不久她和一個高個子、略瘦、皮膚黝黑的男團友走來。昨天我就看見過這個人了，但我真的不認識他。我連忙回憶當年同大隊的知青，跟眼前這人就是對不上號。

「你就是天祥兄？」他微笑着向我伸出右手。

「對不起，我還認不出你？你是……」我握住他伸出的手。

「我是海富，葉海富，第三生產隊的。」

「哦——！海富。」我口中回答他。心裏卻想：哎呀，怎麼是你！真不想見到你呀。但為了禮貌，我還是應酬他，說：「你變得太多了，除了一樣的高個子，你瘦多了，也黑多了。當年你可是大隻佬（個頭大的漢子），強勞力呀！」

「呵呵，現在老了，留意不吃過飽，每天跑步，保持體重不超重。」

「是啊，對我們來說，現在確實是健康第一了！」

「我認不出你了，」他說：「那時你很瘦，現在比較胖，變化比較大。」

我們就這樣閒聊起來，但我心中還是像有根刺。是啊，事隔近半個世紀了，我怎麼竟還這麼耿耿於懷呢？我自己都感到奇怪。

那時是一九六九年，我們在一個山區農村插隊落戶。一個大隊的知青約三十多人，分散在八個生產隊裏，大家推舉年紀最大的劉延平同學做我們知青的大隊長。

葉海富比我小幾歲，是我們當中年紀最小的，但他長得個頭大，力氣大，我們都笑稱他為「強勞力」。他所在的生產隊鄰近我的生產隊，出工耕田時常常碰面。

在和農民同勞動和同生活當中，我們逐漸瞭解到，在夏收前一、兩個月，當地農民大都沒有糧食了，要靠國家回銷糧救急。回銷糧是要付錢的，所以農閒的時候，他們和生產隊約定上繳規定的款額，就被允許外出找錢。有的做木工，有的做水泥工，有的彈棉被等等，他們就這樣穿鄉過縣去找工作。

瞭解了這種現實之後，我們都擔憂起來，目前還有政府的糧食補貼，但以後呢？強勞力的農民尚且不夠糧，我們不是更糟糕？我們歸僑學生，從小在城市長大，我們不懂木工，不會水泥工，更不懂彈棉被，農閒時沒法像當地農民那樣外出工作，怎麼找錢買回銷糧呢？

那時我們大隊的知青常會聚在一起開會，有時傳達公社知青辦的通知，大多數時間講一些知青先進事蹟，及大家閒聊溝通等等。大約是一九七一年某次開會，我們知青隊長劉延平說，現在上面開始有上調名額，會把知青選拔上工廠、醫院等單位。第一批我們大隊的上調名額只有一位。他，也就是我們的劉隊長，已經被公社知青辦選上了，不久就要離開了。

這消息像炸彈一樣，在知青群中炸開了。正當大家擔憂前途的時候，忽然前途露出一線曙光，可以上調。不論調到哪裏，至少保證糧食有定量供應，還有固定工資。這比在農村要為吃飽肚子想盡辦法強得多了，可惜就是名額太少。

大家懷着羨慕的心情送別了我們的劉隊長。

其後的大隊知青開會，由副隊長梁美麗主持。有次開會，梁美麗講了開場白，和她同生產隊的知青盧文祥發言，沒想到盧文祥的發言，竟然充滿火藥味，炮口對準梁美麗，說梁美麗老是詐病不出工，就是出工也揀較輕的工作，在貧下中農裏造成知青懶惰怕苦的不良影響。他舉了好些例子，梁美麗辯稱她真的有胃痛毛病，這時葉海富站起來，瞪大眼睛，目露凶光，指着梁美麗說，就是有病也要向貧下中農學習艱苦奮鬥的精神，要有一不怕苦，二不怕死的革命精神。還說她怕苦怕累不配做知青隊長！梁美麗委屈地哭了，知青們紛紛勸說，大都表示知道梁美麗有病，會議不歡而散。

幾天之後，有農民告訴我說，第一生產隊的知青阿榮和幾個知青吵架。我問他知道和誰吵嗎？他說其中一個是葉海富，一聽是葉海富，我心裏感到奇怪，這年青小伙子剛跟盧文祥一起攻擊梁美麗，現在又去找事，到底為甚麼？

說起這位吵架的知青阿榮，也真有點本事，學講本地話學得快、講得很好，跟農民的關係搞得很不錯，勞動表現又好。大隊新成立的領導班子的副書記，就是他那第一隊的人，曾在知青聚會上表揚阿榮勤奮，和農民打成一片。這樣的人怎麼會和葉海富他們鬧不團結呢？

我腦海中突然閃過阿榮在學校時的一件事，他曾被外地學校的保衛科派人押送回校，同學們傳說他在外地寫反動標語，是反革命，但學校沒有處理他。我問過他到底甚麼事？他說他到外地遊玩，住在外地同學的學校宿舍，當時全國號召「複課鬧革命」，那學校查外地學生，他的證明過期，也許因為他是歸僑，他們懷疑他犯錯潛逃，所以押送回校，交給學校的保衛科，保衛科問明情況就沒事了。

第二天晚上，阿榮到我們隊裏找我談天，我便問他為甚麼跟葉海富他們吵架？他說不是吵架，是他們上門找碴。原來昨天下午阿榮剛收工回到家，盧文祥就帶領葉海富和第八生產隊的兩個男知青找上門來。他們氣勢洶洶地把阿榮叫到天井，當作許多農民的面，要他交待當年做了甚麼壞事，會被押送回學校。他們口口聲聲說不容許反革命分子隱藏在知青的隊伍裏。矮個子的阿榮被大個子的葉海富揪住領口，一張嘴又敵不過他們的四張嘴。正在難堪之際，好在大隊副書記剛好回來，給他們調解，對盧文祥他們說，這事交給大隊領導吧，如果阿榮是反革命，學校保衛科早就會通知大隊監督他的，叫他們不要太緊張！

阿榮說完經過，望着我說：「你想過沒有？他們為甚麼突然攻擊梁美麗？」

「我想是盧文祥和梁美麗他們第六隊知青內部的事，也許是生活上的矛盾引起的吧？」

「我本來也這樣想，」阿榮放低聲調說：「但是昨晚我想了一晚，我和他們從來沒矛盾，怎麼會找到我頭上來呢？而且看他們的架勢，不是來解決問題的，在天井大聲叫喊，說我反革命，被押送。目的是喊給大家聽，讓農民都知道這件事。你想想看，為了甚麼？」

「不明白啊。」

「下鄉這麼久，大家都能互相幫助，和平共處。劉延平隊長上調後，就發生這兩件事，對不對？」

「你的意思是和上調有關？」

「當然啦！第一批上調，調劉隊長，大家沒話說，調他很合理。第二批名額會調誰呢？你想過沒有。」

「梁美麗吧，副隊長嘛。」

「若不調梁美麗，會調誰呢？」

「那應該會調勞動積極的，還有和貧下中農關係良好的同學。」

「會是誰？」

「大家知道的強勞力葉海富，還有盧文祥也很勤勞，還有你都被副書記點名表揚過呀！其他隊也有幾個積極分子。」

「那你明白為甚麼梁美麗和我會被他們潑髒水了吧！」

聽阿榮這麼分析，我恍然大悟。若梁美麗和阿榮沒份上調，葉海富和盧文祥的機會就很大了。沒想到平時相處友好的知青同學，説翻臉就翻臉，結夥打擊知青同學以求自己早日上調，早日離開缺糧的農村。這種踩着別人的肩膀往上爬的卑劣行為，在我們知青中畢竟是少數，大家都只是做好自己而已。每個人品格的高尚和卑劣便在他的人性天平上，他們幾個和大部分知青同學不同，他們的天平是倒在卑劣那頭的，對他們的行為，我們都極為鄙視和痛恨。以致剛才一聽到葉海富的名字時，我的感覺就是不想見到他！

如今的葉海富，卻是笑容滿臉，和當年目露凶光指着梁美麗的他，真是判若兩人。我強力壓下對他的厭惡感，繼續和他聊天，想瞭解當年發生的事。

「七二年初我就到香港了，」我説：「不知你甚麼時候到香港的？」

「我七五年才到香港。」

「一直在農村嗎？」

「不，七二年就上調了。」

「為甚麼當時你不直接申請出境？那時國務院政策可以讓歸僑和僑眷申請出境的。」

「我爸爸很愛國，從印尼特地寫信叫我必須為祖國服務，不支持我出國。我在香港又沒親人，也不瞭解香港情況，哪裏敢去。」

「您上調到甚麼單位？」

「煤礦。」

「哇，煤礦比較危險喔！」

「是啊，那時我們大隊就沒人要去，我就去囉！我是想，在農村糧食不夠吃，我的飯量又大，長此下去怎麼辦？上調了，那煤礦是軍隊編制，吃得飽，吃得不錯，所以就去了。」

「下礦井嗎？會不會很辛苦？」

「當然下啦，辛苦是肯定的，那時候年輕，不怕辛苦。」

和他談話中我感覺到當年的他，被糧食不足的問題深深地困擾着，也許是他飯量特大的緣故吧？接着我又試從他的立場想，當年他離開父母回國時，比我們都小，剛好碰上文革，當年不正常的人鬥人的人際關係，會不會使他誤認為就是正常的人際關係呢？加上遇到盧文祥這種人，便結伙打擊知青同學以求自己早日上調。想到這些，心中為他歎息，這麼小年紀就擔心不夠糧吃，夠可憐的；這麼小年紀就受到文革人鬥人的洗禮，自己也變成鬥朋友、踩着同學肩膀往上爬的卑劣小人。

我心裏開始矛盾起來，我是那樣地鄙視和厭惡他。但是若從另一個角度去想，他之所以變成那樣，和當時的特殊社會環境也大有關係。忽然，我的腦海中閃現出我的一個學佛的朋友對我說過的話：「原諒別人就是善待自己。恨別人，痛苦的卻是自己。」我想這事他確實卑劣，我也因此恨他和盧文祥，恨了將近五十年。也就是說，我為這事，心中「痛苦」了將近半個世紀。當年他們的矛頭並不是對着我，我只是痛恨他們的卑鄙行為，縱使真有甚麼恩仇，或者也應該放下了！再不放下，未免太辛苦啊。於是我走前一步，對他說：「不知不覺，下鄉插隊那些事，都有四、五十年了，往事如煙啊！」

「是啊，現在我們都老了，最重要的是開心！」他說。

「對，應該開心。」我說：「雨停了，到外面走走吧。」

「喔，太陽都出來了，我們一起去拍照！」

「好的。」我和他跟着團友們出了酒店大堂，在雨後的陽光下拍照去了。

二零一七年五月四日

土樓之戀

我走了兩個多鐘頭的石階小路，翻過一座山嶺，終於望見村子裏的幾座福建土樓了。我加緊腳步，走向我住的那座土樓，土樓邊有個女孩子，正在把散在地上的柴枝搬上牆邊的柴堆上。因為她背向着我，我只看見她的背影。當我又走前了幾步時，發現這是一個美麗的背影，而且是一個熟悉的背影！我的心跳急促起來了，終於走到她的身後了，我靜靜地欣賞這個朝思暮想的背影，眼睛因淚水而變得有些模糊了。她發覺身後有人，轉過身來，看見我，機靈的大眼睛迸射出喜悅的光芒，美麗的臉上綻露出笑容，說：「你回來了？」我點點頭……

福建土樓

這是上世紀六十年代末的事情，當時是全國的老三屆學生上山下鄉當知青做農民的大時代。我們也隨着這股洪流，到福建永定縣某個人民公社的生產隊安家落戶。我們生產隊有五個知青，一起開伙，輪流做飯，由生產隊安排，借一個廚房給我們用。

當時我幫她把柴枝堆好，便一起走到土樓內我們知青的廚房裏，她揭開大鐵鍋的木板蓋子，拿出幾隻小番薯（地瓜）遞給我，我接過番薯時，看見她的手指貼滿了膠布，便抓住她的手掌看，除了貼着膠布，還有些血痕。我撫着血痕，心裏很是憐憫她，一個在印尼長大的姑娘，因為有姐姐和家務助手，從小就只知念書和玩樂，連衣服都不用自己洗，現在不但要做農活，洗衣煮飯，還要割蘆枝，她的手就是給蘆枝劃破的。蘆枝是當地人的叫法，其實就是一種在南方山區滿山都是的蕨類植物，當時當地農民燒水煮飯，就是燒蘆枝，因為木柴太珍貴了，必須有公社批准才能上山砍樹作柴。

我們燒的蘆枝，主要是她和另一個女同學在出工耕作午休時，和農婦們去割回來的，當地農婦都很好心，除了教她們怎麼割外，也幫她們用細軟樹枝把蘆枝扎起來，最初的時候還幫她們背回土樓呢。割蘆枝的技巧可以學，但手掌的幼嫩皮膚卻不能一朝變厚去抵擋蘆枝的尖刺，因此老是被蘆枝劃傷，如今一年了，雖然手掌皮膚厚了些，仍然敵不過鋒利的蘆枝。看着她那貼着膠布的手和劃傷的血痕，我的眼淚差點掉出來了。不過心裏想，也許這就是上頭要我們學生當農民的目的，讓我們鍛煉成堅強如鋼的人吧？

走了那麼遠的山路，我真有些餓了，便吃起番薯來。並叫她把我背包裏的東西拿出來，這次到廣州，托人幫忙買了些臘腸，也買了些罐頭紅燒豬蹄、五香肉丁等等，用來補充我們知青的營養，在農村一年來，天天吃清水炒芥菜，大家都變得很饞。另外按她的吩咐，到廣州南方大廈的百貨大樓，買了一些巧克力糖，雖然品質沒法和在海外時吃的相比，但在當時來說也感到很好味道了。當她看見那包巧克力時，望着我微笑，說謝謝我。看着她美麗的笑臉和動人而機靈的眼睛，我心裏感到比那巧克力還甜！

我和她都是文化大革命剛開鑼不久就回國的，本來打算升學，但那時學校已經停課搞文革。在學校裏，我們碰巧被編在一個班裏，那時到課室，主要是學習毛著，讀毛主席語錄，討論文革形勢，批鬥學校的「牛鬼蛇神」，等等。我們都是新來乍到的，其實並不很理解所有的這一切。

我們那一班，大多數同學是來自印尼的中爪哇和東爪哇的，他們之間的溝通語言是爪哇話。而佔少數的，來自西爪哇、雅加達、蘇門答臘等地的同學，包括我，最初是聽不懂他們之間講話的，因此覺得他們和我們有些格格不入，我們稱他們為講爪哇話的。她來自中爪哇，是他們中的一個。因為被她機靈而美麗的眼睛、活潑的性格和燦爛的笑容所吸引，我自然多些留意她，發現她被那班講爪哇話的男同學包圍着，心想自己雖然喜歡她，但是和講爪哇話的男同學比，從語言背景，熟絡程度，在班上活躍的程度等等方面，我都處於劣勢。

有一天晚上，我們全校師生突然被召集回課室，大家都須寫一段指定的文字，說是學校某處牆壁，有人用圓珠筆寫反動標語，每個人都必須留下筆跡，以便核對尋找寫反動標語的罪犯。當時她剛好坐在我的旁邊，我心裏非常高興，這真是天賜良機呀！平時要接近她都難有機會，而且自己也不夠膽量。寫完了那段指定的文字之後，我找話題和她談話，也相談甚歡，在和她對視的一剎那，我知道自己真正的被她俘虜了，那晚我一個晚上睡不了覺，滿腦子都是她的音容笑貌！

後來有幾次偶然的機會和她談話，覺得她對我很友善，並有意無意間讓我感覺到，她對愛喧嘩的講爪哇話的男生沒甚麼好感。我想，我本身有我本身的特點和優缺點，我不像他們那麼外向活躍，也許就是給她一種另類的選擇。因此我一直保持爭取勝利的信心。

文革中的某個階段，學校有個複課鬧革命時期，同學們都回校來了。為了防止「反革命」分子破壞，學校晚上有同學輪班守夜巡邏。有次輪到我們班守夜，一男一女組成幾個巡邏隊在校園巡更，我和她剛好同一組，巡更途中，我對她說：

「我們要升學看來是沒希望了。多數會動員我們上山下鄉落戶，接受貧下中農的再教育，也就是當知青，做農民。若到時分配或下鄉的話，我想和你一起去，好嗎？」

她抬頭看了我一眼，在路燈下，看見她的臉通紅，她低下頭，不出聲。我也不再追問，她不反對、不拒絕就是有機會了。不久，時候到了，下鄉成為定局，我再邀約她，她說她找個同學一起下去，叫我也找同學組成一個小組，結果組成五人小組，一起下鄉到福建土樓區的永定縣山村去了。

我們從城市青年轉變成山區農民，要學的東西可多了，挑擔、鋤地，插秧，施肥、除草、收割和曬穀子等等。對我們城市長大的人來說，每一樣都要經受痛苦磨練，在我的感覺中，最辛苦的可說是挑擔子，挑到我們的肩膀又紅又腫，但是最後都和農民一樣，可以挑一百斤穀子了。那時她看到我紅腫的肩膀，就用熱水燙小毛巾，給我敷上。和她在一起，在工作上和生活上互相照顧，我感到非常溫暖，大大地沖淡了這場轉化成農民過程中所產生的痛苦。

到農村不久，我們發現農民的生活相當艱苦，凡是要用錢買的，包括鹽，在他們眼中都是高級的東西。因為他們的錢必須靠賣糧而來，而糧食往往在夏收前一、兩個月，甚至更早就已經吃完了。他們只能到外鄉給人做木工、彈棉被等等工作，賺錢買政府的回銷糧。看到他們是強勞動力，尚且如此困難，遲一些我們知青在沒有政府的補助和沒有外援的時候，如何生活呢？還有我們有沒有機會被調回城市呢？這些都是沒有人能回答我們的問題，因此我們也都感到彷徨和鬱悶的。

福建土樓內觀

那時入夜後，在微弱的油燈下，我和她常常促膝談心，在精神上互相安慰和鼓勵，大大地緩解了這些鬱悶的感覺，同時激發起熱戀的激情，讓溫馨和甜蜜的感覺環繞着我們。以至現在年老之時，一起回憶「在土樓當知青」的那段生活時，還對那澎湃的激情，還有那令人陶醉的溫馨和甜蜜回味無窮呢。

二零一五年九月十四日

腰纏萬貫的窮小子

一九六六年我離開出生和成長的故鄉印尼，回國升學，卻遇上文化大革命，直到一九六九年被分配到閩西山區農村插隊落戶耕田，延至一九七二年初我申請到出國通行證便來到香港。不久之後，經熟人介紹進入××國貨公司工作，這是當年香港數一數二大的國產百貨公司。

在那裏我被分配到總店的出納室。出納室的主要工作是把收銀員交來的現金點算清楚，然後裝進特製的腰封裏，我把腰封綁在腰上，再穿上當時國貨公司的制服，也就是大陸那個時代，差不多全民穿的，藍色、黑色或灰色的類似中山裝的青年裝。我們的制服是藍色的，因為制服較寬鬆，所以我的腰上纏有那麼多現金，從外表上倒看不出的。然後就把這腰上纏的現鈔，帶到銀行裏入戶口。一般是我的一個同事走在前面，腰纏現鈔的我居中，另一個同事斷後，三人魚貫出了店門，過兩次大馬路，再走約二百公尺，進入南洋商業銀行，我把腰封解下，交給銀行的人員點算。

那時代普通日子的營業收入約十多萬港幣，週末、星期天和假日，會有二、三十萬元。當時我們買一隻山奇士橙是四角錢，特大粒的八角，恰恰是現在價錢的十分之一。可想而知，當年我腰纏的鈔票，也許有相當於現在的港幣一百多至三、四百萬元的價值。事後回想起來，若有歹徒把我擄上汽車劫我的腰封，陪我的兩位同事，都是文職人員，根本無法保護我。那時我年青氣盛，稍作掙扎反抗，那後果真是不堪設想了！想起來倒真有些後怕。

我的工作除了上面的解款之外，還要在收銀員吃午、晚餐及下午茶時，代替他們的收銀工作，我們稱之為「頂檔」。

當時第一次聽「下午茶」，我覺得是挺新鮮的事情。小時候在萬隆，從來沒有聽說過「下午茶」這詞兒，於是我就請教那些收銀員小妹妹們，他們七嘴八舌地解釋，有一位收銀員小丘的下午茶時間和我一樣，她就說帶我去吃一次就知道了。於是我們一起到我們公司商場樓上一間家庭式的咖啡店裏，我們一坐下，老闆娘已把兩杯奶茶和一塊西多士（糖膠塗烤麵包片）捧出給我們，原來為了趕十五分鐘的下午茶時間，小丘已預先打電話定了我們要的東西。小丘給我的奶茶放了兩茶匙的白糖，對我說，不夠甜就自己再加糖。然後她把西多士切一半給我。

說來慚愧，這奶茶還是我頭一回見。小時候在家裏既喝茶，也喝奶，但從來沒見過奶和茶摻起來喝的，印尼的牛奶一般是摻可可粉或咖啡，所以這是我第一次品嘗奶茶，杯到口邊先聞到淡淡的茶香和奶香，再呷一口，甜，微澀和一種滑的口感，原來是這麼好喝的啊，從此我就愛上這種港式奶茶了。

有朋友問我，當年我是不是滿意在××國貨的工作？我說是啊，他追問為甚麼要離開呢？我回答他說，就是因為我滿意，所以我必須離開！朋友不明白，我便對他說，因為在收銀員吃飯和喝下午茶的時間，我必須頂替他們的工作，故此公司各部門的銷售點都去收過款，認識了各部門的人。我發現各部門的部長，成為其屬下人員的羨慕對象，因為他的薪金比我們高幾倍。起初我也挺羨慕他們的，慢慢瞭解多一些之後，發現他們多數住在政府公屋，為供孩子讀書，留學，也是省吃儉用的，他們是安穩但不能闊綽自在地生活。

如果我求安穩，那就應繼續做下去，我也有把握總有一天做到部長那一級的。那麼我這一生就會像他們那樣平靜地度過。

但是當時我不想那樣。

當年我回國，就是為使自己的生命發揮最大的光和熱！雖然回國後的現實，是遇上文革中的極左思潮。使我感覺到，我們歸僑不被信任，實際成了次等人，所以許多歸僑申請離開，我也來到了香港。雖然如此，我還是希望自己的生命，會有比安安穩穩地做個百貨公司部門部長更精彩的表現。當時我最擔心的就是自己滿足現狀，沉淪於一時的安逸不思振作！

一九七四年時，我有個機會可以離開，於是毅然辭職了。

現在回憶起來，我確實很懷念那些同事，但我慶幸當時的離開。雖然我因此必須受到社會上經濟危機的驚濤駭浪所衝擊，但至少此生我達到了自己的目標，我攀爬過無限風光所在的「險峰」，見識過那裏美景。現在退休了，一切由燦爛回歸平淡，靜下心來慢慢欣賞其他人，尤其是年青人的精彩！不亦樂乎？

書生賣錶

大約是一九七七年春節過後不久，我在印尼住了兩年左右，因種種原因回到香港來了。在和親戚老陳聊天中，說到在樓下擺賣山奇士橙的某小販，最近買了樓，似乎做小販比打工還找得錢多，他邀我試試一起去做小販。我剛回香港，正在找工作做，聽他說了，心想就試一試吧，不行再找工作也不遲。

剛好我有幾個在廈門集美時的同學做電子錶生意，於是我向他們賒了各種款式共壹百隻新潮電子錶，放在一個放公文的小提箱裏。和老陳一起搭一零二號巴士到旺角，走到西洋菜街，巡視了一回環境，便在一處街邊空位把公文箱放在地上，打開來，裏面便是壹百隻五顏六色的電子錶。那時的西洋菜街很多無牌小販，來往的人雖多，卻遠遠沒有現在那麼擁擠。

電子錶的來價平均十五元港幣，我們標價二十五元。毛利算不錯，問題是一天能賣多少隻?第一天平安無事過去了，雙腳站到發麻，卻只賣了一隻，是一個帶着小孫子的老婦人，拗不過孫子的哭喊堅持，給孫子買的。我們也拗不過她的討價還價，二十二元賣給了她。第一天賺了七元，還不夠我們的車費和午餐飯盒費。

第二天照舊到昨天的地方擺賣，放下公文箱不久，一個推着改裝過的手推車的翻版錄音帶小販到來，對我們説，這是他的地方，叫我們讓開。老陳對他説，我們昨天就在這裏擺了。他説昨天他休息，並指示我們到斜對面那裏沒有人佔的地方去。我們不是地頭蛇，只好搬走。

搬過去對面，剛放好公文箱，我看見兩個雍容華貴的老婦人，正向我們這方向走來，我急忙轉到公文箱前，背着街蹲下來擺弄那些手錶，待我從眼角瞧見她們走遠了才站起來。連老陳也沒發現我的異樣，其實我的心跳如鹿撞胸，她們是我的姨媽和她的牌友。不知怎麼搞的，我心裏極不想讓她或其他熟人看到我在西洋菜街擺賣做小販！我在工廠工作，跟車做送貨生，倒無所謂。而做小販卻好像見不得人一樣，這可能是我是讀書人的緣故，臉皮薄；也可能是在印尼生活時，看見做小販的都是極貧苦的當地人，屬於經濟地位極低的一群人，如今自己淪為小販，好像是極不光彩的事一樣。老陳也有這種感覺，所以我們都無法獨自一人擺賣，兩個人一起，雖是浪費人力，但卻無形中起着互相鼓勵的作用，使兩個書生終於邁開擺賣的第一步。

第二天的成績比第一天好一些，賣了三隻。我們總結了兩天的經驗，就是看的人太少，所以買的人就更少。我們雖然走出了第一步，但沒有像項羽那樣破釜沉舟，我們還是穿着慣常穿的襯衫西褲和皮鞋，人家看貨時也還不會講好話推銷，又不會像其他小販那樣吆喝，自然引不起人們的留意，更別說購買的慾望了。

第三天我們換了裝束，老陳穿牛仔褲和T衃，外披一件牛仔布外套。我連T衃都沒有，只好穿白色的文化衫配牛仔褲，外披一件舊外套，又把度數已不準的舊黑塑膠框眼鏡找出來，取代正在戴的金絲眼鏡。在去西洋菜街的巴士上，我心中不斷地鼓勵自己說：我不是讀書人，我就是小販，不偷不搶，靠自己的力量找飯吃的光榮小販……

在西洋菜街，看看來往的人漸漸多了，賣衣褲的小販開始吆喝了，我清理了一下喉嚨，深深地吸口氣，打開嗓門大聲叫：「新潮電子錶大平賣（粵語：大減價賣），唔買都睇下（粵語：不買都來看一下）。」我覺得我喊前面部分還夠大聲的，後面部分就叫不出聲來了。畢竟這一輩子從來沒有這麼大聲叫喊過，覺得很不習慣。老陳說我太小聲了，讓他試試吧，他的聲音倒比較大一些，但比起別的小販來說，就小巫見大巫了。等到對面的錄音帶小販播放歌曲時，我們的聲音更顯得小得可憐。

中午吃飯盒時，我感覺我的聲音都沙啞了。我對老陳說，下午我不能吆喝了，結果下午他獨自偶然吆喝幾下，不久他也是沙啞得叫不出聲音了。

吃完午飯飯盒，正在打瞌睡時，突然見到小販們紛紛把小販車推到旁邊，用布把貨物蓋住。我們旁邊的賣老花眼鏡的老頭，也收好貨品站到路邊，我們不知何事，也把公文箱收起來，我問賣老花眼鏡的老頭甚麼事？他說給警察面子，正說之際，我就看見兩個警察巡邏走過，也不為難小販們。我又問他，警察怎麼不理我們？他說如果你不收拾擺賣物，警察就會告你「阻街」，就要上庭罰款。我們收拾了避在路邊，表示尊重他們，就平安無事！

啊！做小販還有這樣的潛規則！我於是趁機請教他，我們在這裏擺賣，有沒有人收保護費？他說當然有，但是我們現在這麼少東西，暫時還不會找我們的，以後肯定會來，也不用怕，他們的目的也不是要我們做不下去的。

這一天連聲音都喊啞了，也只賣了三隻。但我感覺到我在做的事，是真正衝擊了我自己靈魂深處薄弱的地方，很痛苦也很艱難，但當自己做到時，心裏竟有一種喜悅，當我終於成功地吆喝：「新潮的電子錶大平賣，唔買都睇下！」之時，雖然不夠大聲，但我真的感到喜悅，我終於衝破了書生的桎梏，去小販的世界遊蕩了。

我們就這樣又痛苦又喜悅甚而是過癮地做了十天，點算一下，共賣了三十一隻，明顯是不夠開銷的，如果當時能賣三百隻，也許我們會做下去，人生路便會改寫了。

我們決定到此為止，把賣剩的錶退還回去。

如果說我們當年下鄉落戶做了幾年農民，嘗到了做農活的辛苦，使我們在往後的日子裏，面對任何的工作，都不覺得辛苦。那麼這十天的小販生涯，卻使我清楚明白地看到自己的弱點，就是當年毛主席說的小資產階級的軟弱性。或用我的感受說就是書生的桎梏，我們膽子小、臉皮薄，不像無產者無所畏懼。這十天的賣錶經歷，讓我終於超越了它們！對我其後的奮鬥有極大的幫助。

半年後，我和老陳合作開了一家小小的電子公司，雖然小，但卻有了一個基礎。使我們在八十年代的香港經濟起飛時期，得於乘這起飛的東風，獲得一點點成績。回憶這些往事，我很感激和我一起奠下基礎的老陳；很感激教我耕作的農民，使我不再怕苦；很感激那十天的賣錶經歷，讓我認識和打破自己的書生本性的弱點；很感激香港的經濟起飛這一陣東風和香港的自由制度……。感恩！

二零一四年五月二十一日

客串水貨客

近來香港的水貨客問題鬧得沸沸揚揚，使我想起我客串過一次水貨客的往事。那是八十年代初期，臺灣還很封閉，有很多東西都不可以正當進口，於是在香港就有人專門帶那裏緊俏的貨物過去，賺一些差價，其時這種乘坐飛機的水貨客還真不少呢。

當時我有一個朋友，經常帶貨過臺灣，是一個半職業的水貨客。有一天他邀我去臺灣，他對我說，臺灣政府將在十月十日接待海外華僑，包括港澳同胞，免費在臺北及到南部參觀，飛機票的錢可以帶水貨賺回來，綽綽有餘。那時我沒去過臺灣，到底臺灣的情況怎麼樣，很是好奇，也想知道，於是就答應跟他去。

臨出發前幾天，他帶我到上環一幢舊商業大廈樓上的一間貿易公司，裏面有許多貨品，比如頭髮臘、雪花膏、冬菇、洋酒等等，這些很普通的貨品都可成為水貨，甚至香港製造的保濟丸也是水貨，真令我意料之外。所有貨品都有一個我們這裏付款的買價和到臺灣時的賣價，在臺灣只要打一個電話，收貨的人就會來收。我那朋友對此非常熟悉，甚麼「好賺」的，容易過關的，都十分瞭解，他自己選購了一大旅行箱的貨後，又幫我選了一箱，我怕過不了關，叫他別給我拿這麼多，他說不用怕，過不了關的帶回來退回去，沒有問題的。那次機票也是最便宜的，沒記錯的話是搭馬航，好像來回才七百多元港幣。

飛機在臺北中正（桃園）國際機場降落了，我懷着好奇和興奮的心情過了入境檢驗櫃檯，拿了行李，跟着我的朋友過海關，那時每一件行李都得打開來檢查。關員一邊翻皮箱，一邊說這個帶得太多了，那個也帶得太多了，把我朋友的一些貨品放在另一個籃子裏，準備打回頭，我朋友就對他說，不多不多，難得來一次，通融一下嘛，竟從籃子裏撿起一些貨放回皮箱裏，那關員也裝着看不見，就讓我朋友過關去了，因此打回頭的貨品非常少。輪到我的，我本來就帶得不很多，竟全部給我過關。我和他搭訕，說怎麼這些旅客都帶這麼多東西。他說他們帶一些貨品，只要不是違禁品，不太過分，就讓他們賺點費用，都是升斗百姓，他作為海關人員也是同情這些旅客的。當時我聽了很感動，我遇到過的大陸和香港的海關人員，都沒有一位像這位臺北的關員那樣富人情味的。

到了酒店，吃過晚飯後，收貨的人依約準時到來，點算後馬上付款給我們，我那朋友賺價約有港幣兩千多一點，除去飛機票也有一千多元，當時的一千元比現在價值高多了，我帶得少，除去飛機票，竟也有幾百元多出來。

後來臺灣開放了，水貨客也就絕跡了。可見水貨客的出現，主要在於政府的政策和海關的把關態度。水貨客本身，就如那位臺北的海關人員說的那樣，只是為了賺一點點費用的勞苦大眾罷了！

說回最近香港水貨客的事，據說水貨客中，不全是大陸旅客，香港居民約佔了一半，香港的前保安司司長李少光說得好，為何澳門沒有水貨客問題，值得借鏡。若海關勤抽查，過量的就抽重稅，他們無利可圖，水貨客自然絕跡。這麼看來，問題還是雙邊政府的政策和執法的問題。希望他們能很好地處理這問題，別讓一些別有用心的人借此搞事，搞亂香港。

二零一五年三月二十八日

我的夢

真羨慕那些睡覺時少做夢的人。

夢多，要是美夢，那也不錯。偏偏是美夢總比惡夢少。所謂美夢，比方説，我曾夢見少年時心儀的女孩子，在夢裏大家相談甚歡，我心情緊張，心兒卜卜地跳，在甜蜜的迷糊中，突然醒了過來了，醒來時心裏還殘留着那種甜蜜蜜的感覺，也許這算是美夢吧。

至於我的惡夢，卻是重複夢見的那種。

有個時期，有個惡夢常跑進我的睡眠中來。我夢見好多平時我最害怕小蜥蜴，從四面八方向我圍攏過來，嚇得我跳上我前面的一張桌子，可是它們也跟着爬上來，我急忙站到桌子上放着的一隻高凳子上，它們又爬上凳子，我抬頭看見上面有一條橫樑，連忙用雙手勾住橫樑，把身體吊起來，正在慶幸擺脱了它們，忽然看見橫樑上也有幾條向我的手爬過來，嚇得我不由自主地大叫，就這樣叫醒了，醒來還心有餘悸呢！

同一時期，還有另一個常出現的惡夢。夢中因為我做了一個決定，我又再一次回國，又再被下放到原來的農村裏插隊落戶。我心裏非常後悔，埋怨自己怎麼會做這樣糊塗的決定呢？接着在夢中就重複當年我要請假到廣州見我母親的事，那時她剛從印尼來到廣州看望我們。我拿着生產大隊的介紹信，到公社革委會辦公室辦理請假證明書，敲了敲門，門打開來，我又看見那個矮胖幹部，我向他講述了要拿請假證明的事，他一聲不響，就把門使勁一關，那門差一點就碰到我的鼻尖了……

在夢中，我經常在這裏就嚇醒了，發現是夢，大大地鬆了一口氣，心中説：好在是夢！而當年的現實，我是被這幹部的無理和無禮行為嚇住了，我不知道我請假有甚麼錯？他是幹部啊，大家不是常説：「為人民服務」嗎？他怎麼可以對知識青年就像對地主、富農等黑五類那樣的態度呢？後來我需要的那張證明，由當時我下鄉落戶時接待我的房東，幫我找他認識的革委會成員蓋了個公社公章，我才能去廣州見我的母親。

那段時間，一個「蜥蜴夢」，一個「後悔再下鄉夢」，交替地在我的睡眠中出現。

「蜥蜴夢」大約做了幾年就不再做了，我仔細思考這「蜥蜴夢」，終於悟到了它和我心中的擔憂有關聯。原來當時是我創業初期，因為沒有多少本錢，也沒有後台支持，並且我已有兩個孩子，家庭開支天天都要的，因此心裏是很擔心萬一失敗的話怎麼辦？最後我還是走出來做了，那是因為我想，萬一失敗的話，我就駕駛「的士」吧。當時我瞭解過，駕駛「的士」有三千塊錢左右收入，夠養家了。

在開業的頭幾年，遇到許多的困難，心裏還是隨時準備着去駕駛「的士」的。這「蜥蜴夢」，就是在那段時間開始出現的，其實它就是我心底的擔憂，這些擔憂就是壓力，到一定時候壓力太大了，就化成我害怕的蜥蜴，借夢渲泄出來。直到我感覺到肯定不必駕駛「的士」了，「蜥蜴夢」就不再出現了。

至於「後悔再下鄉夢」，就拖得久一些，最後一次做這個夢，距現在也有二十多年了。那次發夢，我又被下放到農村了，心中剛感到後悔，在夢中竟會忽然想到，現在不是改革開放了嗎？農民都不再被鎖在土地上了，可以自由外出找工作了，我也可以離開呀！接着醒過來，心裏說聲：謝謝改革開放。從此之後，這糾纏了我十多年的「後悔再下鄉夢」，也就不再出現了。

也許我夢多的緣故，美夢、惡夢之外，竟還發生現實和夢境混淆起來的事。那一年我和幾個朋友到福州，我見到福州高樓大廈林立，非常漂亮。那時候我腦海裏出現了老舊的房屋的老福州景象，但是我又記不起甚麼時候到過福州，想了半天，完全沒有到福州做甚麼的印象，最後我想，也許是做夢吧。因為文化大革命時，很想到福州「大串連」，但始終沒去成，成為遺憾，所以就做夢去了福州吧。

幾年後在偶然的情況下找到一張舊照片，照片中有我和一個人，我馬上想起這是福州某外貿公司的一個科員。當年我跟廈門一間國營外貿公司的李總去福州，他介紹我和福州的公司認識，只是沒緣份，沒有和他們做成生意，其後也沒再去福州，也沒有再和他們聯絡過了。這樣竟把他們忘記了，甚至竟然把福州的印象當作夢境！真是老糊塗了。

發現這麼糊塗的事情，心裏真有些震驚，怎麼會糊塗到把真實當作夢境啊！心裏不期然想起那「黃粱夢」故事中，盧生享了一生榮華富貴，其時他也以為一切是真實的，到夢醒時，他睡前所在客店的老闆煮的黃粱（小米）都還沒有煮熟呢！那麼我現在感覺和認為的真實生活，會不會也是我正在做的一個夢呢？如果是，醒來時，不知道我會在哪裏呢？

初臨美國那些事

在洛杉磯一商場合影。左起老何、作者、作者老伴、姨媽、小周、兩位同學。

前言

一九九零年初，我拿着移民簽證去美國時，對美國的社會情況不是很瞭解。在青少年時代，從學校和報章得到的印象，說美國是帝國主義，人民生活在水深火熱之中。年紀慢慢大了，見到的事情多了，自然明白那段時間得到的訊息，許多是不確之詞。那麼美國的社會其實是怎樣的呢？卻又沒有人把實情告訴我，那時候也不像現在可以上網查資料，故此到美國之初，所接觸的一切，我都很敏感地把它當作認識美國的第一手感性資料，它們深深地烙在我的記憶中，這二十多年來，我希望忘卻它們，但它們總是不時浮現在腦海中。既然忘不掉了，索性把它們寫出來吧。

（一）祝您有個稱心的一天

從香港直飛美國洛杉磯，一般要飛十二個小時左右。然而在一九九零年我第一次飛去那裏時，卻花了二十多個小時。原因是在新年和月尾春節之間的旺季，我沒有預先定票，買不到直航機票，結果拜託開旅行社的朋友安排，買了繞道漢城（現稱首爾）轉機飛往夏威夷，再轉機才飛到洛杉磯的韓航機票，在漢城和夏威夷都要等飛機，這麼轉來轉去，就差不多花去一天一夜的時間了。

好在這次出行是我們一家人一起去的，路上有說有笑也不算悶，只是心裏有些忐忑不安，因為我們是拿着移民簽證去的，自己雖學了一輩子英文，水準卻總是沒有進步，看信用證、定單等等見慣見熟的文書還可以，但是聽和講，要應付入境處的移民官，那就實在沒甚麼信心了。尤其聽朋友說，入境處的移民官很刁鑽，專找毛病，他們有權否決你的簽證，搞到我擔心答錯問題，入不了境。

經過漫長的旅程，到達洛杉磯時，已是精疲力盡了。我們拖着疲沓的腳步慢慢地走向入境處，當一看到入境處的櫃台時，我的疲勞卻好像突然消失了一樣，整個人馬上進入作戰的狀態。我們這班航班裏，移民的旅客，除了我們一家四口之外，就只有一個韓國青年。移民的櫃台是和普通旅客分開的，所以我們不用排隊，馬上被接見了。那個韓國青年也在我們右邊的櫃台見移民官。

接見我們的是一位約莫五十歲的白種男人，笑容滿面地和我們說話，他的態度，使我不知不覺間解除了「作戰狀態」。我剛回答他說我們是從香港來的，忽然隔鄰的移民官走過來，叫我去和那個韓國青年嘗試溝通一下，原來那個韓國青年完全不通英語。我唯有用普通話試一試和他說話，結果我們之間半點都不知道對方講甚麼。移民官唯有作罷，打電話去求救兵，不一會一個韓裔的移民官到來，他們才能繼續下去。

接見我們的移民官可能察覺我的英語水準不大行，他問我問題時，就講得特別慢，我回答他時，是用不合文法的英語或單句，加上我兒子在旁幫口，總算辦好一切須辦的手續。最後他鄭重其事地告訴我們，入境後盡早辦兩件事，一是去申領「社會保障卡」（Social security card）；二是到政府醫院見醫生，拿一張治療證明書，盡快寄到移民局，才能拿到綠卡（外國人居留證）。

為甚麼要見醫生呢？原來是和我的妻子的移民健康證明裏的說明有關，要求她到醫院見醫生，由醫生寫個證明寄到移民局才算完成。

當我們對移民官表示我們明白之後，他伸出他那蒲扇似的大手，雙手緊握着我的手說：「祝您有個稱心的一天（Have a nice day！）」道別後，我慢慢地走向領行李處，眼裏竟不由自主地噙着淚水，這位移民官和藹的態度和臨別贈言，很使我感動。他使我強烈地感覺到，他和美國是真心歡迎我們移民到美國的。原來移民官不是專挑毛病的人，他只是核對一切應該核對的，查問必須查問的資料罷了。

這位移民官態度為何這麼友善呢？我可不是帶着大把鈔票來的「投資移民」呀！我只是持第三世界移民名額，那年叫Np5的普通移民。在我印象中，六十年代，美國黑人還不可以和白人共用餐廳、車廂等等，種族歧視非常嚴重。怎麼這位白人移民官，會這麼友善對待有色人種移民呢？是他修養高，還是美國人的思想意識進步了呢？我真有些困惑了。

我們持有的移民簽證，叫Np5，是一種「抽籤」式的簽證，當年在印尼出生的人都可以參加抽籤。我們本來沒想過移民，卻是我在美國的一位表兄，很熱情地把我們和其他印尼出生的親戚的名字放進去抽籤，結果我們兄弟，還有表弟等人都被抽中了。既然抽中了，又看到香港很多人花錢去搞移民，我們不用錢就可以去，不去似乎可惜，於是按程式一步一步地辦，終於辦好了，在拖無可拖的情況下，就有了這次洛杉磯之行。

當我們過了海關，推着行李走到「抵達」廳時，迎接我們的老同學，老何與小周夫婦，已笑瞇瞇地等着我們。他們幫我們把行李放進他們的汽車後，便啟程回他們的家。初臨美國的一星期，便是在他們的家度過的。

（二）小周的美國夢

老何和小周是當年文化大革命時，我們在集美僑校的同班同學，後來也和我們一樣下鄉到福建永定農村，在那裏的土樓裏呆了好幾年，接着同樣遷到香港居住，後來早我們兩年，以投親移民方式來到洛杉磯。

他們的家在洛杉磯西北部的北嶺市（Northridge），從機場去，走高速公路也要一個多鐘頭。在路途中閒聊，他們說明天是禮拜天，但是他們都必須上班，後天小周有半天假可以帶我們去做「社會保障卡」。我心裏真感激他們在那麼忙碌中，還要騰出時間接我們，還要帶我們去做證件……

老何在香港時，是一個文職人員，到了美國轉行做廚師，我以為他本來就喜歡烹調，他說不是，不做廚師就只能去洗碗。他的老闆本身是廚師，跟着他學，不久也就會了。反正食客是老外，不會像香港人那麼嘴尖，容易應付。

小周則在附近的大商場（Mall）裏做售貨員，上午工作四小時，下午到另一個大商場也做四小時。看來他們在美國的工作，不比在香港輕鬆。我問小周在美國生活習慣嗎？小周說這裏沒有朋友，想念在香港的朋友們，所以不很習慣。我說不習慣的話，假如叫你們現在回去香港生活，要不要？小周想了好一會，搖搖頭說不回去了！

後來我才明白，他們在美國生活，工作雖然不輕鬆，卻有個盼頭，他們的理想是儲蓄到首期，要買一座有前後花園的獨立屋。若在香港的話，這種理想對一般的打工仔來說，是天方夜譚的事。但是在美國，兩年之後，他們真的住在獨立屋了，還養了一條狼狗。又過了幾年，他們還擁有另一棟獨立屋租給人家，用租金還供款，當然這些都是後話，不過卻是真實的，打工一族也能實現的美國夢！

目前他們是住在兩層樓房的下面那層，這裏把這樣的樓房叫作Condo，租金每月六百元美金，是在墨西哥裔聚居的地區，周圍沒有華人，我們到這裏就住在他們的兒子的房間。

第二天起床時，他們夫婦都上班去了。我們呆在老何的家裏無所事事，我心裏卻異常焦急，因為我有許多事必須做，我應拜訪我的姨媽，她是我們移民表格上填的擔保人；我也必須盡快到醫院找醫生拿治療證明寄給移民局，才能拿到「綠卡」；我還必須盡快去租房子，我們要住，不能老住在老何的家打擾他們……

這麼多事情待辦，總不能等老何放假才帶我們去辦呀。現在苦就苦在洛杉磯的公共交通非常不發達，街上叫不到「的士」；公交車很少，班次稀疏；連地鐵也沒有。我們要辦的事，每一處就是駕車走高速公路，都要一、兩個鐘頭才能到達的，這大洛杉磯市真是太大了！是僅次於紐約的美國第二大城市，打個比喻，差不多等於我國的廣州包括花都、番禺、從化、增城加上東莞和深圳的面積。這裏的人，幾乎每個人都有一輛汽車代步，在這裏汽車不是奢侈品，而是必須品，自己沒有汽車的話，真是寸步難移啊。於是我下定決心，不想再被「軟禁」在這裏了，明天就叫小周帶我去租車，我必須自己駕車去辦事！

第二天，小周利用下午的假期，帶我們去做「社會保障卡」，然後我要求她帶我去租車，小周很不放心，說美國的路是靠右走的，和香港相反，而且美國的高速公路的車開得很快，我又不熟路，勸我等老何放假時，帶我練習走高速公路之後，有了把握才租車。她還說她來了兩年，都只在本社區駕駛，不敢上高速公路呢！我說我在香港幾乎天天駕車送貨，應該是沒有問題的。她拗不過我，便帶我在附近的租車公司租了一架小汽車，我便在他們家附近的街道，熟悉一下左軚車靠右走的駕駛法，不一會就覺得較熟悉了，我很是開心，有車就自由了，明天可以去辦事了！

晚上老何回來，知道我明天要到唐人街附近找姨媽，便拿出一本厚厚的行車地圖，教我怎樣看地圖，並教我明天到柔似蜜（Rosemead）市姨媽家的走法。他又很耐心地解答我提出的疑問，使我自己駕車去辦事的信心大增。真感謝他啊！

（三）心驚膽戰和與人為善

老何教會我看行車地圖之後，就回房睡覺去了。我在客廳繼續研究地圖，這時我兒子走來對我說，可不可以明天早上先送他到機場，他想快點回多倫多。我兒子在多倫多讀第十三班（準備入大學的班級）將近一年了，這次回香港見美國領事，辦移民簽證手續，請了好多天假，他心急要回去上課。我說好吧，於是我又從頭開始研究從老何的家到洛杉磯國際機場的行車路線，最後擬定了方案，把它寫在紙上和記在腦海中。這時我發現，移民官要我們去的醫院，離機場不太遠，我便決定送了兒子到機場之後，就到醫院去，把這件要緊事辦好。

翌日早餐後，我們一家四口便駕車出發了，我先在老何家附近轉幾圈，再習慣一下美國靠右走規則以及再熟悉汽車的性能，然後深深地吸了一口氣，就把車駛向上高速公路去了！

一上到高速公路，我馬上加油以適應路上的車速，過了一會我就感到老被後面的車子超越，表示他們的車速還是比我快得多。而跟在我的車後的汽車，差不多就貼在我的車屁股上了，給我很大的精神壓力。後來我發現大貨櫃車的速度較慢，便跟在它後面走，那些車嫌大貨櫃車慢，便不會跟在我的車後了，這樣，我才鬆了一口氣。這是我第一次駛上美國的高速公路啊，又要記住路線，又是駕駛自己不熟悉的車子，也還不適應這麼高的速度，搞到我的手掌都是汗水，原來精神緊張手掌會出汗，這倒是我初嘗的經驗。不過，雖然緊張，按照我昨晚擬定的路線走，終於還是有驚無險地到達了機場。

兒子即場買了機票，看着他進安檢門後，我和妻子及女兒便離開機場，準備去醫院完成移民官要求我妻子去做的必要檢查，以便取得證明書寄給移民局。

啟程不久，女兒說尿急，剛好前面有一間麥記漢堡包店，我便把車子駛進去。我們下了車，我想順便也小解吧，便走進店內的男廁所，廁所很寬敞，只見裏面有兩個非洲裔的年輕彪形大漢，他們並不用廁所，一個在抽煙並哼歌，另一個靠着牆壁在做倒立運動。看他們的裝束、神態似乎並非善類。我忽然想到老何跟我提過，應避免進入的幾個治安黑點，機場附近就有一個，會不會就是這裏呢？這時那抽煙的，歌也不哼了，瞪着大眼看我；那倒立的，也翻轉身體，叉着腰虎視着我。我想起聽過很多的紐約地鐵搶劫案，刧了財還順便送上兩刀，連命也要了！我突然意識到我可能命懸一線了，一股寒氣立即在我的脊樑底部升起，我感覺到我背部貼着脊椎的皮毛忽地豎起，感覺涼颼颼的，寒氣再經過頸項直沖頭部，覺得頭也發漲，頭皮發麻，連小腿都軟了，我用力地咬着牙齒，以阻止牙齒的打顫，一種面臨死亡的巨大恐懼，統治了我的心身，剩下的一點清醒叫我必須強作鎮定，內心在高呼：「鎮定！別怕！文革都經歷了，還怕甚麼？鎮定！……」於是我強裝鎮定慢慢地小便，又慢步走出去。出了廁所看見女兒和妻子也已用廁完畢，我對她們說：「快走，這裏危險！」我們急忙上了車，我趕緊開車駛離，這才發現這麼寒冷的天氣，我的背心卻已被汗水弄濕了。

初入美國的第四天，就叫我嘗試了生死一線的恐怖感覺！

後來對老何說這事，他說那裏就是治安黑點，是危險區！我們沒出事算是幸運了。雖然在廁所裏的那兩個大漢不一定就是壞人，但我們還是避免到那些地方為妙。他見我餘悸未了，便安慰我說，除了大家都知道的治安黑點外，一般都是安全的。他又說例如現在他的家是在墨西哥裔住的地區，沒有華人，但鄰居都是有工作的正當人家，非常安全。

離開了危險區，我覺得全身疲乏，就到一個商場，找間麥記，癱坐在座位裏休息，然後叫了漢堡包和可樂補充能量，並把剛才的遭遇和感覺形容給妻子和女兒聽。

過了一會，我覺得體力和心情都已恢復得差不多了，我們便起程去醫院，原來已經不遠了，很快就到了，泊好車，走進去，見到的是一個不很新但是很寬敞的接待室，裏面走動的護士大部分是中年黑人婦女，我把文件遞給一位接待員看，她說了聲Ok，就找出一本大本子，查了查，在一張小紙上寫下兩個月後的日期，叫我到時回來找某某醫生。她問我Ok？我說No！我告訴她，我下個月要回香港處理事情，可不可以快些？她聽了後想了想，對我說可以，就是找私家醫生，但要自己付款。我說Ok，她說給我找醫生的地址，於是她抽出另一本厚厚的名冊，忽然她又站起來問我，是否需要會講華語的醫生？我說當然！於是她又繼續查名冊，最後在一張小紙片上，寫上了兩個醫生的名字、地址和電話。把紙片交給我，說這兩個都是會講華語的認可醫生，任選一個就行了。我們向她道謝和告別，就離開了。

當時我心裏很是感動，因為她隨便寫兩個醫生的資料給我，就已完成任務了。但是她沒有那樣，她發覺我的英語不行，她竟會為我着想，是不是找會華語的醫生會方便一些呢？這就是她做人的「與人為善」了。她不是我們當年的英雄歐陽海，以「與人為善」為做人的宗旨；也沒有受過孔孟之道的薰陶；她只是一個中年美國黑人護士，她在工作中，就那麼自然地「與人為善」了。這是甚麼原因呢？是她的家庭教育？還是社會給她的教育呢？我不知道，但我確實被她的行為所感動。

我們選了護士給的名單中一個較近唐人街的陳醫生，他和他的護士都會講廣東話，心中真感激那黑人護士，讓我們和醫生溝通得那麼順利。陳醫生開了一張藥方給妻子，告訴我們，是一種白色藥片，一天三次，每次一片，連續吃三個月，就可以完全痊癒。並寫了一張治療證明，放進移民局給的回郵信封，封好後對我們說，行了，證明由他寄出，手續已完成，叫我們放心。

解決了一件與拿「綠卡」有關的重要事情，又碰見「與人為善」的好人護士，雖然經歷了「心驚膽戰、生死一線」的驚嚇，心情還是愉快的。

（四）撫慰鄉情的洛杉磯小臺北

洛杉磯的舊唐人街在比較接近市中心的地區。後來發展起來的華人聚居地，就是被稱為『洛杉磯小臺北』的蒙特利公園市（Montery park）。這裏的市，也許相當於香港的區吧，譬如香港的中上環區、灣仔區那樣。蒙特利公園市有華人的超市、商店、旅行社和好多酒樓食肆。街上走的人，多數是黃皮膚的，他們大都說普通話（國語），我姨媽說這裏多數是台灣移民，所以流行講國語，不像三藩市、紐約等地以講廣府話為主。

初時我以為小臺北就是唐人聚居開鋪做生意的地方罷了，後來才察覺到它另有一種撫慰鄉愁的功能。當時我認識了幾個住在北嶺市的廣州人，他們都說，隔一段時間，他們總要去蒙特利公園市「朝聖」，在這小臺北逛華人的超市，買醬油、腐乳、公仔麵等等以前吃慣的食品，聽聽這裏的人講普通話，廣東話，再到酒樓嘆茶吃點心，就這樣，在這裏消磨了大半天，會有一種好像回到了廣州的感覺，心裏感到溫暖和滿足……

那一天，算起來是我們到達美國的第五天了，我和妻子及女兒，早餐後就啟程到與蒙特利公園市相臨的柔似蜜市（Rosemead），去探望我的姨媽。柔似蜜市也是很多華人居住的地區。駕車走了一個多鐘頭，終於平安到達了，下了高速公路，按圖索驥很容易就找到我姨媽的家。那是一座小型的獨立屋，從外表看有點像印尼的房子，相當美觀，也許美國多森林的緣故，房子都是用木材建造的，和印尼用水泥和磚塊造的不一樣，雖然如此，卻不影響它的美觀和耐用。這裏的房屋，基本上是一兩層的平房，和香港以多層樓房為主完全不同。以平民百姓的居住條件來說，洛杉磯會比香港寬闊舒適得多。

按門鐘，門開之處，只見笑容滿面的姨媽站在那裏，打過招呼，她和我們每一位擁抱吻頰。從寒冷的屋外，乍進溫暖的屋裏，又經歷這項我們還不習慣的西方擁抱吻頰禮，真感到心與身皆暖乎乎的呢。並且還嗅到淡淡的花香，好不舒服，原來她點了一枝香水蠟燭。

我的姨媽是我媽媽的姐姐，當時八十歲，一個人住一所房屋，她的兒媳婦會給她買菜，每個星期都會帶她出去飲茶，到商場（Mall）走走。她不會駕車，這裏又沒有巴士可搭，平時只能呆在家裏，把這三房兩大廳的房子，打掃得非常整潔。沒事做了，就整理她儲了一輩子的照片，我看有幾十本堆在飯廳的角落。

對於我們的到訪，她是非常高興的，因為我們是稀客，又給她沉悶的生活，帶來一點火花。姨媽還說，她打算寫自傳，真佩服她的精神！別小看她現在連出門都要有人駕車帶她才能出門，她說她還認識抗日英雄謝晉元將軍呢，謝將軍和太太以及五、六歲的女兒，一九三四年在南京的時候，曾在他們的家裏吃過一餐便飯，謝將軍和我的姨丈是廣東蕉嶺的同鄉。另外，據我所知，當年我姨媽在臺北的電視台，主持過一個教人烹調的節目。並出過一本菜譜，叫《明潔中菜譜》。

我們聊了一會，便和姨媽一起到蒙特利公園市飲午茶，到了那裏，看見一間茶樓，我想應該是香港一間著名茶樓的分店，它的店名和招牌的字體，都和香港那間一模一樣。我們便走進去，一進到裏頭，裏面的暖空氣，使在外頭走路時，被北風吹到縮着脖子的我們，感到格外溫暖和舒暢。一陣陣熟悉的點心香味，又直往我的鼻孔裏鑽，引得我肚子咕嚕咕嚕直叫。於是我們叫了一壺普洱，點了一桌子點心，後又加了一碟「乾炒牛河」，邊談邊吃，舒舒服服地飽餐了一頓。我覺得這裏的點心和「乾炒牛河」，一點都不會輸給香港出品的。尤其那鳳爪，平時我都不愛吃的，他們吃完了再添一籠，說這裏的特別好吃，鼓勵我試，我看那鳳爪的賣相，褐黃色倒還吸引人，每隻鳳爪都斬成三件，不會全隻鳳爪擺在碟裏，令我聯想起一隻隻的人掌，大倒胃口。於是夾了一件進口，還熱的，醬汁一沾上我的舌頭，覺得有少許辣，正是我所喜愛，甜鹹也適度，立時的感覺是：好美味呀！胃口即時大開，連忙咬將下去，既不太韌也不太爛，恰到好處，正好咀嚼。咀嚼之間，似乎感覺到滿口香味，是了，是瑤柱的香味！果然做得好，真沒想到，在太平洋的這一邊，竟也能嘗到如此美味的鳳爪！

餐後逛商店，見華人的超市裏，腐乳、欖菜、泰國辣椒醬、腐竹、公仔麵……，應有盡有，就像香港，真令人意料之外。姨媽在文具小禮品店，買了一點小禮物給我女兒，我則買了美國西岸版的「星島日報」和「國際日報」，因為我要看樓房出租廣告，準備租樓。

和姨媽度過了幾個鐘頭的快樂時光，也是首次逛了美國的華人區，時間不知不覺已近傍晚了，便送姨媽回家。然後重上高速公路，打道回老何與小周的家去。在路上妻子說，以後老了，不能駕車的時候，千萬不要在洛杉磯住，看姨媽困在家裏，寸步難移，日子過得多悶哪。香港公共交通方便，朋友又多，還是香港好！我說，你也真是的，移民美國的第五天，就宣佈香港比美國好，何苦移民呢？

（五）虎落平陽可奈何

通過報紙的租樓小廣告，今天約好三個業主看樓，都在柔似蜜市（Rosemead），靠近姨媽的家。時間都在午後，但是因為老何的家離那裏遠，我們又想在那一帶地方逛超市，以便租了屋子後，知道在哪裏添置洗滌、廚房用品等等，所以在早上九點半就啟程了。

到達柔似蜜市已十一點多，我們先後到Safeway和Target超級市場，這些美國的連鎖超級市場，跟蒙特利公園市裏華人開的超市的格局完全不同，華人開的有些像雜貨鋪，店鋪面積也較小。而這些美國連鎖式超級市場面積都很大，裏面幾乎甚麼都有賣，在Target連修理汽車、家裏水管等等的工具以及配件都有，看來美國人比較自力更生，甚麼都自己動手，不像香港人多數假手於專門家，生活習慣大不相同呢。

我的女兒和妻子見到如此大間而豐富的超市，非常興奮，她們甚麼都看，我也覺得很新鮮，但是我記得兩點鐘約了第一位業主看樓，所以到十二點半就催她們走了，我們必須先去給汽車加油，然後吃午飯。

在這裏加油，也和香港不同。在香港加油，可以安坐車內，一切有人給你服務妥當。在這裏可是自助式的，一切自己動手，我把油槍插進入油口，猛按出油控制掣，油就是不出來，好在鄰車的司機告訴我，必須把加油機上的插油槍的承托環推上才能出油。

唉，在香港駕了十年車，來到美國，連加油都須從頭學呢！

汽車的油箱終於填滿了，輪到我們填肚子，在附近的中式餐廳，叫了幾樣小菜，慢慢地享用，直到接近兩點鐘才埋單離開。接着我們就到約好的第一家看樓，到達時，業主已在那裏，正在抹塵。這一家很不錯，剛裝修過，我的女兒喜歡得不得了，只是他們的要價比較高，我們便說先考慮一下，再電話聯繫。

看了第一家新裝修的，看第二家就覺得不夠美觀了，而且小很多，只是要價低得多，開價每月一千二百美金，剛才的要價一千八百。暫時希望寄託在第三家，電話上要價是一千三百美金。

到達第三家時，才三點十分，而約定是三點半，時間尚早。於是我們下車觀察環境，這是一條橫街，叫蘇利凡街，前面丁字型連接着的大路叫卡威大街，（Garvey Ave.），卡威大街是通衢大道，真通蒙特利公園市，和它相連接的這條蘇利凡街卻靜得很。我覺得這裏有些像我小時候的老家前面的路，兩邊也都是獨院屋子，前面有小花園，只是我小時候的家前的道路，和家前的花園，常有小孩玩耍，街上也常有三輪車等等車輛經過，不像這裏，家前的花園和街上，半個人影都沒有。終於看到前面有一個人慢慢地走過來，走近了才發現是一個掃街的中年白人漢子，他背着一個像吸塵器的東西，手上持着像吸塵器的吸塵管那樣的管子，只是管子不是吸，而是有風吹出，他用管子的風把街上的樹葉集中在一堆，又向前吹，在前面再集中另一堆，也許等一下他的同事會帶垃圾車來收走這一堆堆的樹葉吧。正在驚奇這新穎的掃街方法時，看見從卡威大街轉進來一輛汽車，在我們車後停下來。車上下來了兩個華裔女人，一個約三十歲，另一個約有五十多歲，年輕那位和我們說話，確定我們是來看樓的，就打開屋子的大門，讓我們參觀。

這間屋子有四房兩廳，後面還有小花園，屋邊是可放兩輛車的車庫，雖然不是新裝修，卻也有七、八成新，最重要的是要價還可以，而且夠大，夠我和我弟弟兩家人暫住。我和妻子商量了一下，便對業主說，每月一千二百元租金吧，她們倆商量了一下，竟就答應了。

接下來就是要辦租用手續，她向我要駕駛證，我把香港國際駕駛證交給她，她說不是這個，是加州（加里佛尼亞州）的駕駛證。我曾聽老何告訴我，美國駕駛證可當身份證用，也可以從駕駛證上查到持有人的信用狀況，所以很重要。我便對她說，我剛到美國一個星期，還沒有做駕駛證，並把護照給她看，看她還是皺眉頭，我就對她說，我們剛移民，真的需要住房，不是鬧着玩的。我的信用，可以給您看我的運通（American Express）金卡，那是美國的銀行，若我沒信用，他們不會發給我的。她又和年長的那位商量了一下，就對我說，她媽媽的意思是先回去和家裏人商量，再給我電話。我說好吧，於是我們就打道回老何的家去。

哎！真沒想到，來到美國，有錢租房子，人家還不信任呢。想起自己在香港時，一個電話，便可要來幾十萬元的貨物。真有些兒「虎落平陽被犬欺」的感覺呢。

回到老何家附近的大商場（Mall），女兒想去看衣服，便泊好車進去走走，走累了，看到有一間餐廳，就進去吃飯，吃完飯走出商場，天已全黑了。駛回老何家，一進門，小周就對我們說，她剛回來時，接到一個給我們的電話，好像是出租屋子的業主打來的。並把寫了電話號碼的小紙張給我。我急忙撥電話去，看看到底租不租給我，接電話的就是剛才的女業主，她答應租給我，約我明天上午十一點，在蘇利凡街那間屋子交款交鎖匙……

到美國一星期，辦好該辦的證件，租下了一幢屋子，明後天打掃之後，就可以搬進去住了。這樣就正式開始移民美國的生活了，以後怎樣？我該做甚麼？我會習慣嗎？太多問題了，目前先別去想吧，緊張了一星期，應先好好地睡個飽再說。

後記：

那以後好多年，我港、美兩地走，最後決定回香港居住了。畢竟香港是我們歸僑的福地。過去香港曾經成為我們避免受種族歧視和「海外關係」歧視的避風港，讓我們安寧地生活。現在世界天翻地覆地變化了，好多歧視都淡化或者不存在了，但認真想想，還是習慣香港的生活了！

二零一三年十一月

百年尋鄉願

一百多年前，一個海外游子，把家鄉的地址，叫兒子們牢記住，囑咐他們務必一代一代傳下去，他希望後代能不忘記家鄉，有一天能有後人回去看看。

＊ ＊ ＊ ＊ ＊

二零零四年春節過後幾天，我和弟弟，邀約了兩個堂弟和一個堂妹，一行五人駕了一部堂弟在惠州工廠的客貨車，向梅縣進發，去尋找我們家族「丟失」了一百多年的故鄉。

我們的高祖父，在一百多年前，離開了家鄉到南洋邦加島生活，是甚麼原因和怎麼去的，我們都不知道了，只知道他在邦加有兩個兒子，我們的曾祖父就是他的大兒子。

梅縣羅衣塔

當年高祖父在邦加有了一些積蓄的時候，派他的小兒子，也就是我們的太叔公回家鄉買田地，囑咐他在家鄉開枝散葉。太叔公出發後一段時間，托人捎信給高祖父，原來他並沒有回到家鄉，他們乘的船被大風吹到邦加島附近的勿里洞島，他就在那裏登陸，並在那裏開枝散葉了。

高祖父希望兒子能回家鄉的願望，就這樣成為泡影了，於是他把家鄉的地址叫他的孩子們牢記住，囑咐他們務必一代一代傳下去，他希望後代能不忘記家鄉，有一天能有後人回去看看。地址傳到我們這一代，我們發現那是滿清時代的地址，和現在的名字大不相同了，那就是：嘉應州•羅衣堡•軒坑約•大坑塘。

嘉應州就是現在的梅縣，我們到了梅縣，問了很多人，都不知道羅衣堡在哪裏？有個人說梅縣以前有三十六堡，羅衣堡在哪裏就不清楚了。後來我們買了一張梅縣地圖看，竟然找到一條線索，地圖上標示着「羅衣塔」，我們都認為：塔名「羅衣」，應在「羅衣」地方，想必以前那地方便叫「羅衣堡」了！於是我們便驅車沿着二零六國道直往梅縣南方駛去，不久在國道旁梅江邊看到一座不算大的塔，我心想在地圖上有標明的塔，怎麼會這樣小呢？，又像年久失修的樣子，不會是羅衣塔吧？不遠處有個補車胎的路邊鋪，便停車問路，他們證實那就是羅衣塔，我們把寫着「梅縣羅衣堡軒坑約大坑塘」的紙條給他看，他說這裏叫梅南，以前叫甚麼就不知道。至於軒坑約，可能後來分成軒內、軒中和軒外，我們就身在軒中，軒中有一個村就叫大坑塘！我們問他們大坑塘的人有沒有姓黃的，他笑着說，這裏人全部都姓黃！看來我們接近祖先離開而又掛念的故鄉了，祖先離去了將近兩百年後，現在，他的五位後裔終於就要找到他的故鄉了！

按補車胎人的指引，我們離開國道，過了梅江，轉進小路，走了不遠，下車再步行約兩公里的泥土小路，過了一處小坡，前面豁然開朗，是一個小盆地，估計有幾個足球場那麼大吧，中間是水田，靠山邊有些房屋。我們走到最近的房屋看看，裏面有一個中年大姐在燒飯，我們把來意向她說了，她連說這裏就是大坑塘了，但是她問我們現在找誰？我們說已經一百多年了，不認識人了，我們是來看祖先以前的故鄉的！

她問清楚我們還沒吃午飯，就熱情地叫我們先吃飯再說，我們見她農家沒甚麼東西，便取出一些人民幣給她到供銷店買些材料做菜，這時有一個中年農民到來，他自稱名叫偉全，熱情地領我們到盆地另一邊房屋密集處，那裏有個不很大的祠堂，不過沒有燒香了。他指在祠堂牆壁上刻着的名字叫我們看，那是很久以前管理「給田放水」任務值班的人的名字，有一個是黃阿X，與我們的高祖父同一個「阿」字輩的人，但是偉全不知道黃阿X的事，當然他不會知道很久以前的事情。我們問有沒有族譜可查，回答也是令人失望的，那也在意料之中的事，族譜怎能逃得過「十年浩刼」的洗禮呢？他又告訴我們，當年祭祖時，大坑塘這裏的人是到附近水車鎮的祖公堂，和那裏的黃姓人一起祭祖的，因為大坑塘的人，是從水車那邊遷過來的。

其實這裏沒有我們認識或知道的人，是理所當然的。若有族譜記載着高祖父的名字，當然最好！現在只有看到刻在牆壁上，與高祖父同「字」輩的人名，也算有點安慰了！於是我們回到剛才那位大姐的家吃飯，飯後，有些不捨地告別了我們家族「丟失」了一百多年的故鄉，回梅州市區去了。

一路上，我們五個人都心情激盪，因為我們剛完成高祖父一百多年前的願望！他當時記掛着家鄉，也希望後代不忘記家鄉，希望有後人能回去看他離別了的家鄉。現在我們來到了，我們看到了！原來就在這美麗的梅江附近，在離羅衣塔不遠的山谷裏，便是我們的祖輩生活過的地方，便是我們的高祖父念念不忘的家鄉啊！

這幾十年來，每當填寫籍貫或是談到家鄉的時候，我總是有些虛無飄渺的感覺。現在，我真的看到家鄉了，我真的也有家鄉了，雖然是那麼的陌生，卻是那麼的實在！

二零一三年一月二十日

老頑童摔倒記

這是幾年前發生的事，那時我已退休，有一天像往日一樣，一到下午四點半，我便穿上球鞋，下樓去屋苑的緩跑徑做運動。在大廈大堂跟管理員打了個招呼，便出了大廈大門，三腳兩步走到屋苑樓下的花園，花園與緩跑徑之間，有一道鐵欄杆，本該走多幾步在前面的缺口走進緩跑徑的，可能那天心情特別好，又忽然想起以前年青時，這樣的欄杆，自己雙手一按，人便縱身跳過去了，是何等的瀟灑啊！於是竟神差鬼使般當自己仍是當年十八二十時，就這麼雙手在鐵欄杆上一按，果然身體飄了上去，心中一喜，想道：我寶刀未老矣！誰知就在此電光火石之間，可能右腳尖勾到鐵欄杆，說時遲那時快，身體已重重地摔在混凝土地上。速度之快，雙手竟來不及撐地保護身體，右肩膀首當其衝直接撞到地板上，哎喲！馬上感到右肩劇痛，這時才意識到原來自己雖然跨過了欄杆，但卻是重重地摔過去的，毫無瀟灑可言！我忍着劇痛，爬了起來，想走回家去，卻感到頭很暈，急忙在花槽邊坐下，低頭閉眼，撫着劇痛的右肩歇息，過了好一會，頭暈終於過去，這才捂着疼痛的右肩慢慢走回家。

回到家裏，想脫去T恤看看肩膀的傷勢，哪知道右手動一動就痛得要命，根本無法像平時那樣脫了，只好叫老伴來幫手，先褪出左袖，再把衣物從頭上慢慢脫出，然後整件T恤才從右手褪下來。發現右肩倒只擦傷一點點，但卻痛得要命，而且發覺右肩頭有一突起的骨頭，比左肩頭明顯隆起，我懷疑是脫臼還是骨折。早就聽人說過，老人最怕跌，一跌骨頭裂！這麼厲害的疼痛，該不會骨裂加脫臼吧？心想肯定是了，於是決定馬上到急診室。在老伴的幫助下，好不容易才穿上襯衫，再由老伴陪着搭的士趕去醫院。

到了急診室，老伴幫我登記，交了港幣一百元登記費，很快就被叫進診療室，護士見我手腳擦傷見紅，便給我打了一針「防破傷風針」，等了一會，一位三十多歲的男醫生走進來，看了一下我的右肩，說沒有脫臼，並寫了一張紙，叫我拿去照X光。碰巧X光室裏沒有病人輪候，馬上叫我進去，為照清楚，X光師擺動我的手，痛得我飆冷汗，還好很快就照好了，就按吩咐到候診廳等叫名字。等了十分鐘左右，醫生把我叫進去，告訴我說，從X光片看，沒有骨裂，沒有脫臼，但是固定鎖骨的韌帶有些鬆脫了，所以右肩的鎖骨比左肩隆起，慣常的療法就是讓它自己復原，一般要六、七個星期才行，目前的疼痛主要是肌肉和韌帶受傷。又問清楚確實沒有撞到頭部，便開了止痛藥給我，我領了藥便和老伴搭車回去了。

這次疼痛延續了兩個月左右，在痛楚中終於知道，自己的體力、肌肉和關節的靈活性，不能和年青時的自己比了，總結教訓，我覺得最重要的是必須認老，退休後和朋友會面，大家都愛以老頑童自居，以為「頑童」表示童真，表示充滿活力，漸漸地忘了在「頑童」前面的那個「老」字，不清楚自己年紀大了，以為自己還是身手矯健的真頑童。真頑童一天跌幾次也沒關係，可是老頑童跌倒很容易骨折，恢復較慢，所以要特別小心避免跌倒。我這次跌倒，雖沒有骨折，但肌腱撕裂的痛苦，也是入心入肺的，非同小可啊！

為了提醒自己小心，我不再染髮，從穿衣鏡看到自己白髮蒼蒼的樣子時，便會記得有些超自己體力的事，就不要強來。而心境，當然要繼續保持年青，這樣才活得開心有意義呀。

這件事也讓我體會到香港公立醫院的醫療制度，是真正造福市民的。我這次摔倒，只付了一百元掛號費，就有骨科醫生來醫治，X光師、護士幫我做必要的護理，還打針拿藥，及後來回去洗傷口。這比有些號稱社會主義的地方還要社會主義了呢！

二零一三年四月十一日

常州訪友記

退休好多年之後，有一天邀了我弟弟及朋友到江浙一帶自駕遊，那天早上從深圳出發，在去梅州半路的河源市，拐向北進入江西，一路急馳到達南昌。

在南昌遊玩了兩天，參觀了江南三大名樓之首「滕王閣」，及南昌起義紀念塔等等地方，便直驅往南京。在南京住了兩晚，少不免遊秦淮河，前總統府等名勝。本來想直接去上海，但我弟弟說揚州古時很有名，也很繁華，蘇杭皆望塵莫及，不如去看看。於是便驅車前去，可惜我們沒作事前的資料查詢，不知有何名勝可遊，只知非常出名的「瘦西湖」，便就到「瘦西湖」消磨了兩個多鐘頭，景色確實秀麗，覺得很值得一遊。遊畢，吃過飯在鬧市街上轉了轉，便開車離開揚州，過長江回到江南，走滬寧高速，到達常州時已是黃昏，便在常州歇腳。

在常州附近，有一個我做生意時供貨給我的工廠，因為當年我們之間來往頻密，關係不錯，所以現在我雖已退休好多年了，也決定破例去打擾一次。於是我打電話找他們的謝總，告訴他，我到了常州遊玩，若方便的話，明天我去找他們。謝總似乎很高興，說明早就來常州見面。過了一會謝總打來電話，說南京出口公司的小苗，聽說我到了常州，現在已搭夜班火車趕來見我。我說三更半夜過來，太防礙他了，真過意不去！

第二天我們見到了謝總和小苗，大家都很高興。他們再三感謝我，我說不要說謝了，大家做生意，互相支持，是應該的。說感謝，我也一樣要感謝他們一直支持和信任我啊。

謝總說小苗和他是真心感謝我的，在金融風暴時，倒賬風潮很劇烈，他們知道我被客戶捲走大筆賬款，以為會收不到我的貨款了，他們就有幾個客戶，至今還拖欠貨款，連人都找不到了。結果我卻還清了他們的貨款，後來他們聽說我把幾間樓房賣了，用來付清所有的欠款，他們很感動。所以小苗連夜趕過來和我相見，也為表示謝意和敬意。

說起這事，當時金融風暴的情景和焦慮的感覺，又重現在我腦海裏。那時候我確有好多客戶倒閉，貨款收不回來，而我欠供貨給我的大陸公司的貨款到期必須還，收不到錢怎麼還呢？因為我們的生意是延遲兩三個月收款的，所以應收賬和應付賬都堆積較大的數目，應收賬收得不順利，對我造成很大的壓力。有人對我說，大家都知道現在到處倒賬，收不到錢，叫我趁機也學那些客戶，一走了之，不用還。最終我沒有聽他們勸說，還是還清所有貨款。

回想起來，當時我是想起一件小時候的事，影響我做決定的。大約是十歲時吧，有一天我住在另一個城市的叔父到家裏玩，他要和父親在家裏談天，就叫我跟他的司機去市裏的菜館買幾樣菜回來大家吃，並把買菜的錢交給我。第二天他要離開時，問我昨天買菜的錢有沒有找贖，我一摸褲袋，還在袋裏，就掏出來交給他。我叔父說，有就行了，他怕我交給司機，而司機又不說。並說找贖的錢就給我吧，我堅持不要。他們離開後，父親鄭重其事地和我談話，叫我牢牢記住，凡是和人有錢銀交往的事，必須清清楚楚。並說昨天買菜找贖的錢要及時交還給叔父，到今天他問了才拿出來，他可能會認為我貪心，會說做父親的沒教育我……

因為父親非常認真地和我談話，同時我很擔心叔父會認為我是貪心的人，因此這件事留給我的印象特別深。以至於後來和他人有金錢來往時，我總是做到清楚和認真，寧可人負我，我不想負人。

我很感謝父親當年對我的實時教育，促使我在金融風暴時，能決定想辦法還清所有的欠賬。而他們的鄭重道謝，倒使我覺得當年的決定，是非常正確的。

吃過豐盛的午餐，道別之後，我懷著滿腔溫馨，開車走滬寧高速，當天下午就到上海了。

遊杭州嘗東坡肉

從深圳到上海駕車旅遊，途經華南和華東許多地方，除了觀賞風景，享受駕駛樂之外，在各地也會找一些名菜來嘗嘗。例如廣東河源，其手撕雞相當不錯；梅州的扣肉，吃過後叫人回味。也許我們在南方住得久了，廣東和福建沿途的餐廳酒樓的菜餚，還挺合我們的口味。在長江流域的大城市裏吃當地名菜，如南京板鴨、無錫排骨、周莊萬三蹄和上海的醉雞、清炒蝦仁、乾燒大蝦，等等，也都留下很好的印象。至於江、浙、江西等省的小地方的農家菜，有些做得還不錯，有些就不大合口味了。

有個朋友問我，吃了那麼多地方的菜，有哪一種菜可被評為第一名呢？一時之間，我竟答不上話來。因為我不是「美食家」，吃過了就算了，沒多加留意，所以心中無數。如今只能憑印象慢慢地回味，終於找出一道菜，別說是第一名吧，應說是印象較好較深的，那就是我們吃了幾次的東坡肉。

品嘗東坡肉，當然要在蘇東坡先生把它發揚光大的地方——杭州。聽當地人的介紹，到過幾家酒樓飯館去品嘗，結果覺得在西湖公園內的「樓外樓」做得不錯。另外在西湖邊上，雷峰塔附近的「知味觀●味莊」，也給我們留下很好的印象。

那一天我們到達杭州時天色已晚，天氣又冷，真有點飢寒交迫的感覺。走進「味莊」坐下，每人先來一杯熱龍井茶，解疲乏，消寒氣，我們幾個都稍微精神起來了，只是飢腸轆轆的。不一會服務員便端菜上來了，其中就有幾盅「東坡肉」，每人一份，擺在我們面前。我揭起盅蓋，便見一層沙紙封着盅口，慢慢撕開沙紙，一股肉香飄進鼻子裏，使我猛吞口水。待到封口沙紙撕去了，盅裏一塊正方體的東坡肉便顯現眼前，醬油色的，看了就更感肚子餓得要緊了。好容易等到大家的盅蓋都揭去了，封盅口的沙紙也撕去了，我便迫不急待地說：起筷吧！就想來個大口吃肉，大口扒飯，坐在我旁邊的朋友提醒我，這一小盅是「東坡肉」，不是前幾天在梅州吃的「梅菜扣肉」，梅菜扣肉適合大口拌飯吃，「東坡肉」應小塊品嘗。

好在朋友提醒，不然習慣狼吞虎嚥的我，兩口吞掉了那小盅內的東坡肉，可能都還不知道是甚麼味道，豈非暴殄天物了。於是我們學着文人雅士，小塊夾送入口，慢慢地品嘗，感覺有些甜味，肉香中伴着淡淡的酒香，所謂肥而不膩，也許就是這樣的感覺，明明是肥肉，入口即化了，便想夾多一塊，竟無油膩的感覺。嚼到其瘦肉時，不硬不韌，滑嫩中滲出鮮味的肉汁，剎那間滿口盡是鮮味、酒香、肉香和滑嫩的感覺。咀嚼之間令食慾大振！

吃完飯，喝着西湖龍井，我們閒聊着，談論到底是東坡肉好吃些呢，還是前幾天在廣東梅州嘗過的梅菜扣肉好吃些？起先大家都說「東坡肉」好吃些，但言談之間，慢慢又覺得梅菜扣肉其實也不差啊！最後大家都認為，東坡肉是起了一個好名字，先聲奪人！蘇東坡是宋朝的大文豪，聽其名已先入為主，覺得這東坡肉是好東西，加上它被端出來的時候，是用一個小盅裝着一塊肉的，還有沙紙封口呢，顯得十分珍貴，因此在品嘗之前，主觀上已先給它加了分。

至於梅州的梅菜扣肉，其梅菜和惠州及香港的梅菜不同，比它們乾燥得多。是芥菜加鹽，三蒸三曬而成的鹹菜乾，煮扣肉時將它放在肉下，飽吸了豬油，變得又香又滑和帶有適當的鹹味，拿來送飯就最好的了！而疊在其上面的扣肉吸收了鹹菜乾的香味，肉質又夠爛，真是香滑無比，十分美味。

東坡肉用小盅盛着，是派頭十足的高級貨。而梅菜扣肉是用大海碗端出來的，大家大口吃肉，大口扒飯，十分豪氣。當農民下田勞動之後，飢腸咕咕叫着時，有此梅菜扣肉伴飯，簡直就是在天上人間了。所以東坡肉與梅菜扣肉，其實是各有千秋的，不同的人有不同感覺，應是各有所好吧？

飯後上到酒店，弟婦叫大家到她那裏喝鐵觀音茶，她用電壺煮沸一壺水，拿出一個其貌不揚的小鐵罐，從鐵罐裏拿出一包小紙袋包裝的茶葉，撕開真空包裝小紙袋，裏頭還有一層玻璃紙包着，甚為考究。一會泡好茶，我拿起杯子往口裏送，杯到嘴邊，卻自然停下，不是茶太熱燙嘴，而是一股美妙的清香飄進我的鼻子裏，引得我連連深吸氣。我天天喝茶，好茶劣茶都喝過，香得令人如此舒暢的，卻是今兒才碰上，真是：才嘗東坡肉，又品奇香茶。於是我們便一邊講古論今，一邊慢慢地輕啜淺嘗這清香好茶，好不快活。

在「知味觀●味莊」吃過東坡肉後，到了酒店再嘗如此清香的鐵觀音茶。可說是那段自駕遊期間，關於飲食方面，最令我回味的事了。

二零一三年七月四日

尋回兒時的美味

幾年前在一次和弟弟的談天中，發現我們倆還非常懷念小時候在印尼吃過的一些食物。雖然在香港也有印尼餐廳，但我們都覺得味道似乎比不上當年吃的。於是我們兄弟倆便有了個回印尼故鄉尋找兒時美味之旅。

當時我們都已半退休狀態，不受工作時間限制，很快就成行了。到印尼的第二天中午，我們到雅加達西邊的丹格朗（Tangerang），看外甥新開的店鋪。然後去吃午飯，既然來到了雅加達，自然想吃這裏的特色菜，所以就選了一家道地雅加達風味的「巴達威梭多店」（Soto Betawi）。

梭多是一種放了各種印尼香料煮成的湯，可配雞肉、牛肉、雞或牛內臟等等，印尼不同地方的梭多，有不同風味，這家是雅加達本土風味，特點是放了一種油果（格迷裏Kemiri）為原料，這是類似夏威夷果的植物果核肉，將它們舂成粉末放進椰漿奶裏，加水和其他香料一起煮成濃濁的湯，吃起來特別的好味道！

我要了一份牛肉的，配送了一盤白飯。牛肉和湯一進口中，肉香和梭多香料的香氣直撲鼻中，啊！這是何等熟悉的氣味呀！嚼着鬆軟的牛肉，享受着甜醬油的微甜，青檸檬的酸，適當的鹹，恰到好處的微辣，濃汁梭多特有的口感，使我嚼得特別起勁，牛肉和湯汁似乎在口裏跳快步旋轉舞，猛地將它們咽下，一種久違了的，曾經是那麼熟悉的暢快，統治了我的身心，猶如這世界唯剩下我和這碗梭多湯似的……

我弟弟連吃了兩份，說實在的，這樣的美味，這麼久違而熟悉的味道，就是三份我也吃得下，但必須留下肚子空位，還有好多我懷念的印尼食物要品嘗啊。

次日下午時分我們回到了自己出生和長大的萬隆市。是舊地重遊，也要到一些沒去過的景點看看，並且要見一見幾十年沒見的老師和同學，當然還有一項重要的任務，就是想找回小時候覺得很美味的食品來解饞。

這些令我們懷念的食品，並不是甚麼美饌佳餚，五、六十年代的社會沒那麼富裕，那時我們的零花錢不多，吃得起的，都是街頭小食，街邊小店。諸如「沙爹」（sate，烤肉串）、羅得（lotek，萬隆式的花生醬雜菜沙律）、醃麵、甜薄餅（Martabak manis terang bulan）等等。

記憶中那永遠都想吃東西的小時候，偶爾會在晚上，光顧馬都拉沙爹（Sate Madura）小販，小販挑着一種很特殊的擔子，停在家門前。說擔子很特殊，是因為其扁擔是弓形的，這應是馬都拉人特有的扁擔吧。他們賣的是雞肉沙爹，特點是很豐富的甜醬油摻花生醬，還擠點青檸檬汁和隨自己的意加上去的辣椒醬，沾滿醬汁的烤肉串送進嘴裏，濃烈的甜、鹹、酸、辣味道，在誘人的烤肉香味下咀嚼，當時的感覺，這就是世界第一美味了。

這次回到萬隆，卻找不到這種弓形扁擔了，倒是按我的萬隆老鄉的指點，在離我小時候的故居不遠的五叉路口（Prapatan 5），光顧了據說是目前做得最好的一家羊肉沙爹鋪。走近店門口，烤羊肉的香氣早已往鼻孔裏鑽。當端出來的黃褐色的沙爹串熱氣騰騰，擺放在桌上時，引得我猛吞口水，連忙把沾了花生醬和生蔥片的烤羊肉往口中送去，一口咬下，羊肉是溫熱鬆軟的，微甜的花生醬，還有紅蔥片的辛辣香氣和羊肉羊油的香味，混在口中，細細地咀嚼。啊！感覺太美了！在香港吃的，羊肉沒那麼溫熱鬆軟，醬汁沒那麼可口，真差了幾個等級呢！

接下去的一餐就去品嘗醃麵。說起醃麵就想起媽媽，小時候愛跟媽媽去巴剎（pasar，菜市場），買了菜後，媽媽便會帶我到麵店吃餛飩醃麵，媽媽總是把她碗裏的餛飩舀給我，我問她為甚麼不吃，她說不喜歡，當時我感到大人真奇怪，怎麼這麼好吃的東西都不喜歡？現在回想起來，應該是她見我這麼愛吃，就讓我多吃一些，這就是母愛呀！

當年萬隆的麵店沒有幾家，家家水準都不錯。如今到處都是了，多了就良莠不齊，我們順路去的那一家，就吃不出當年的那種美味了。陪我的老李同學見我失望，第二天早上就給我們送來好幾包醃麵，說這家麵店是有水準的，讓我們當早餐吃，果然不假，真有點像當年媽媽帶我吃的，終於找回了往昔的美味！真感謝這次接待我們的老李無微不致的關懷。

後來當我們結束旅行回到香港後，在和弟弟閒聊中，他給我們這次為了尋找小時候的美味感覺而去吃的食物品級，第一名的不是梭多，也不是沙爹，卻是甜薄餅（Martabak terang bulan），我想了想，也贊同。我們小時候，父親偶然會帶我們到市中心阿侖阿侖廣場，那裏非常熱鬧，許多推車的小販售賣各種小吃，其中幾檔就是賣這種甜薄餅的。父親平常向一個叫阿合哥的邦加島勿里洋同鄉買。我看阿合哥烘好一圓形扁鍋的薄餅之後，就塗上一層牛油，再灑上白糖和碎花生，然後把薄餅對折，再切成幾份就成了。

現在的阿侖阿侖廣場已沒有這種小販了，我們再往西走，到芝加卡（Cikakak）區的一間店鋪裏買到這種薄餅。店主也是邦加島勿里洋人，他說這薄餅勿里洋客家話叫阿Hia粄，現在為外地人容易叫，就叫月光粄（Martabak Terang Bulan），因為這餅鍋是圓形的，像滿月一樣。他把這月光粄發揚光大，除了牛油外，還加乳酪末、可可粉，煉奶等等，餅身也加厚。咬一口在嘴裏，牛油香氣沖鼻誘人，只覺甜中有鹹，煉奶味、乳酪味、可可味，一起撫慰我的口和舌，咀嚼之時感到滿口油滑、甜、鹹、香混在一處，心中只剩下一個念頭，吞下去，再咬一口。啊！比當年我們小時候吃的，更精彩了

店主聽說我們是香港來的，又和他講勿里洋話，很是高興，給了個九折優待呢。

在香港的印尼餐廳，必有的一道名菜，叫加多加多（Gado-gado），現在連道地的香港人，也都很多人知道這道菜的了。印尼有首歌，就說加多加多源自雅加達，而我們萬隆地方也有一款食品，和這加多加多類似的，叫羅得（Lotek），因為是較平民化的食品，所以是我們小時候較常吃的，這次回到萬隆自然不會放過，卻發現味道和以前大不相同了，是這次懷舊食品中，最令我們失望的一種。究其原因，就是我們去吃的這一家，傳到孩子這一代人，把母親當年的做法揚棄掉了，改成現代化操作了，醬汁是預先做好的，顧客來了，把熟的通心菜、豆角、豆芽等等，和醬汁搞勻就成了，這樣確實快了許多，但味道卻千遍一律，我們都嫌它太甜，沒有當年的滋味了。

我們小時候的「羅得」，是待顧客來了之後，才動手做的。將一把炸花生撒在一個約半公尺直徑的大石盤，用木錘敲碎，放一小塊馬鈴薯，一點酸果肉（Asam）一些鹽、糖，並敲碎一小塊沙薑（Kencur）。同時做「羅得」的人會和顧客溝通，要求多甜還是少甜，鹹些還是淡些，要多少隻指天椒等等。她加些水攪勻之後，放上熟蕹菜、豆芽、合掌瓜等等，把菜和醬汁混勻了，鏟到香蕉葉上，放些炸蝦片，把香蕉葉包好，就是一份符合你的口味的，專為你做的「羅得」了。這樣有心專做的東西，怎能不好吃呢？

離開萬隆的前一天，老李同學問我們，還有甚麼念念不忘的食品要嘗嗎？我想，連當年的零食「萬隆釀豆腐（Tahu baso）」都嘗過了，應該沒有甚麼了吧。我弟弟卻說：還有，Mie Kocok！（哥卓麵，實際是牛腳麵）！說完看了我一眼，我們互望，發出會心的微笑。

原來這牛腳麵（Mie Kocok）是萬隆特色麵食，也是我們兄弟小時候的共同記憶。那時我大概在念初中，我弟弟在讀高小，每一、兩個月，我們兄弟倆會一起到萬隆動物園遊玩，回家前總會在動物園附近的路邊檔，吃一碗牛腳麵，那滋味不知怎麼竟不約而同地，一直存在我們兄弟的腦海深處！

回想當時，坐在檔口裏的四方桌邊，就聞到牛腳湯的香味，我們剛逛了半天動物園出來，早已飢腸轆轆的了，恨不得檔主快點把麵和一些豆芽放進有一條長柄的筒形漏斗裏，再把那漏斗浸進熱水鍋裏，拿着漏斗柄上下搖動，他這上下搖動的動作，當地話叫「哥卓（Kocok）」，所以當地人叫這牛腳麵為「哥卓麵」。汆熟了的麵和豆芽放進碗中，舀了牛腳湯進碗，放幾小塊從牛腳上切下來的皮筋塊，加上印尼特有的甜醬油，切碎的蔥葉，炸酥的紅蔥片，就端上來了，自己加一點辣椒醬，攪勻了湯，喝一口湯，湯的濃香入鼻，溫熱而甜鹹辣適度的湯在口裏，當時那刻那感覺，恐怕比甚麼魚翅海鮮湯還美味呢！

老李同學說，現在不要到街邊檔吃了，怕不夠衛生。他帶我們到一間像樣的麵店，找到這「哥卓」牛腳麵。坐在店裏，聞不到廚房裏的牛腳湯的香味，沒有了當年的氣氛。當這高級化了的「哥卓」麵端出來，放在桌面上，樣子和記憶中差不多，也許香味、味道也不遜於過去吃的，但現在是飽着肚子吃的，所以竟找不回當年那種非常美味可口的感覺了。

這次回鄉之旅，品嘗了不少昔日的美味，有些令人滿足，有些叫人失望，世事就是這樣，沒有絕對的。唯有這次在萬隆全程陪我們旅遊的，是我的自小學五年級就開始同班的老李同學，他給我們提供汽車和司機，幫我們訂酒店，聯絡舊同學和老師等等，他對我們的關懷真是絕對的周到，我也絕對的滿意和感激！

二零一四年四月四日

從未慶祝過的紀念日

小外孫出生了，大家圍着小外孫的床，對他評頭論足。我看家裏人都在場，便對他們説，今天是baby的出生日，其實也是我們家裏的另外一個重要紀念日，問他們知不知道？他們連忙把家裏每個人的生日對一對，都不是今天呀！我老伴最急脾氣，連連催我揭開謎底。

我便對她説：「四十五年前，我們剛回國不久，學校安排我們到郊區支農，我和你剛好編在同一個小組裏。就這樣我們算是正式認識了，那一天可就是四十五年前的今天呀。」

「那時是到廈門郊區後坑大隊，但你怎麼記得日期呢？」

「我當然記得，我還記得那天休息時，農民的孩子們圍着我們玩，我指着一個掛着鼻涕的小孩對你說，以後呆在農村的話，你的孩子就像他那樣。你馬上反擊我說，是我的孩子才那樣子！我開玩笑說，我的孩子不就是你的孩子嗎！當時你立刻打了我一下……」

「五年後，」我接着說，「也就是四十年前的今天，你給我哄上人民公社辦公室，在嫁給我的結婚證上，簽下你的大名，這你不會忘記吧？」

「記得好像是正月幾號了？」我老伴恍然大悟，「對了，是今天，怎麼這麼巧啊！」

我繼續說：「這可愛的baby，是我們認識四十五週年暨結婚四十週年紀念的大禮物呀！當年我說我的孩子就是你的孩子，現在連我的孫子也就是你的孫子啦。哈哈哈，今天可說是三喜臨門啊！」

孩子們都笑了，但他們這才發現，他們竟不知道父母的結婚紀念日！

其實這也不能怪他們，為甚麼呢？這得從頭說起。當年我們簽了結婚證書之後，不久就來到了香港。那時兩個人打工的薪水，交了房租與必要開支後，所剩無幾，那裏還有餘錢慶祝生日和結婚紀念日呢？加上在大陸時，受艱苦樸素的思想影響，認為最重要的，就是對配偶好，對配偶好，那天天也就是結婚紀念日了。至於生日，最大的意義，在於紀念母親為了我們的降生，所受的巨大痛苦，及所冒的生命危險！是紀念母親，懷念母親，感激母親的日子。所以我們孝順母親，便是最好的慶祝生日。當年我還很年青，思想就是這麼極端，但我這樣的思想，卻影響了我的家庭，連我的小孩也變得跟我一樣，對慶祝生日不大重視，所以我們的結婚紀念日，也從來沒有慶祝過，搞到現在只剩下我一個人記得而已。

回想剛來到香港的那段日子，生活確實是相當拮据的，有些同學因為家裏給於支援，甚至幫他們買了樓，生活就過得很輕鬆。有的親友在香港已札下了根，他們也過得挺寫意。見到這些人，和這些人比較，我的另一半，從來沒有對我發出過嫌我窮的言論，她很好地維護了我的自尊心。從她的眼神裏，我讀到了她信任我，確信我必能改變現狀的訊息！這激勵我更加努力，以便跳出身處香港社會最低層的現狀。

終於自己做了一些小生意，在生意不斷地擴展過程中，現金周轉有時較緊張，我這老伴便把私己錢借給公司，在又借又還的來往中，有一次少還了幾十萬元給她，她也不知道，直到年度結算核數時，會計才發現。我深深地感覺到，她與我在金錢上不錙銖必較。再看看周圍朋友的妻子，很多是這樣子的：我的是我的，老公的也是我的。老公要動我的，休想！

想起她四十年來，默默地，心甘情願地給我做飯，一天三餐，任勞任怨地，花了多少時間，花了多少心血啊。她性格爽直，不會甜言蜜語，也說不上十全十美。但我不敢苛求甚麼十全十美，自問我自己，不也是缺點一大筐嗎？

我女兒曾對我說：「若我和你同時掉進水裏，媽媽肯定先救你。」

「未必吧，媽媽很愛你呀。」

「媽媽是很愛我，但你是她的一切！」

啊，是她的一切！——想到這裏，我已淚盈滿眶，我很慶幸娶了她。

我感覺到她的內在與外在都非常美。

初到香港時作者和妻合影

我慢慢地站起來，走向她，輕輕地把她擁進懷裏。

兒子、媳婦、女兒和女婿一齊鼓掌，齊聲說：

「祝爸爸媽媽結婚四十週年快樂！」

終於，我們四十年來，第一次慶祝了我們的結婚紀念日。

感恩！

二零一二年八月六日

那段過去了的歲月

我發現許多印尼歸僑，離開印尼幾十年了，還深受印尼的文化影響，尤其是飲食文化，他們對印尼食品、印尼菜，往往有根深蒂固的喜愛。有些朋友，只要有香豆（Petai、Pete）、豆餅（Tempe）、甜醬油和辣椒，這些南洋最普通不過的東西，已可以是他們美美的一餐了！

如果叫他們回憶回國前的往事，這些美食當然會成為主角之一，而留下美好的記憶，但是也不可避免的，會翻出一些令人不愉快的回憶！

我也是這樣！

記得一九六三年我在印尼萬隆僑中讀高一時，有一天，正在上課的時候，忽然有一位老師神色慌張地跑進教室，跟講課的老師小聲交待了幾句話，又匆匆跑出去了，講課老師就對我們說，現在萬隆市內很亂，萬隆工學院（ITB）的大學生在市內擲石塊破壞華人的商店和住宅，他們一邊擲石頭，一邊高聲叫喊：「粉碎支那（Ganyangcina）」。老師叫我們放學後先留在課室裏，等確認安全後才回去！結果大約等到下午三點鐘，老師才讓我們回去。我們提心吊膽地出了校門，在回家路上，看見許多商店櫥窗的玻璃都破了，連好些住宅的玻璃窗也破了！還好我總算平安地回到家裏。

這是我第一次親身經歷的排華騷亂事件，歷史上稱為萬隆五月十日事件（Pristiwa 10 mei Bandung）。

在這之前，大約是一九六零年那段時間，父親跟到訪的親友們，總是在熱烈地談論印尼總統十號排華法令，以及武力驅逐在縣級以下，鄉村小地方做生意的華僑小商的消息，還有後來發生的芝馬墟（Cimahi）槍殺兩個華人婦女的排華事件！後來就興奮地談論中國派接僑船接華僑難民回國的事情……。那時我才十三歲，卻已被這些消息「轟炸」到滿腔憤慨，覺得很無辜和無奈。深深地感受到，自己雖然在當地出生，卻是被當地人排斥的所謂「支那」。

在我年紀更小時，大約是十歲的時候吧，有一天放學後和幾個同學買涼粉冰吃，印尼小販和我們閒聊，他說剛才有個學生打破了盛涼粉的玻璃杯，我的同學問他，有沒有賠償？小販說小學生哪裏有錢？那同學又說，可以留下他的筆盒子，叫他明天來贖嘛！小販說沒有啊！突然小販收起笑容，對我們說：「如果你們支那人是我的話，就肯定會沒收他的筆盒子了！你們支那人都是壞心腸！（Cina hatinya busuk！）」我聽了心裏非常不舒服，連平時最愛吃的涼粉冰，也不知道是甚麼味道了。

那時候，在我家附近的十字路口，經常有好幾輛三輪車在等客，有時候可能車夫等得太無聊了，便在那裏嬉戲，常常發出很大的嬉戲聲，曾有幾次聽見其嬉戲聲，竟是反復地叫嚷：「把支那人做成烤肉串（Cina disate）！」當時我聽了，很害怕、憤怒，卻又無可奈何……

這些事情使我感覺到，似乎印尼廣大群眾，對華人都有或多或少的誤解、偏見和歧視。這些是當年我在印尼時，所感受到的種族歧視的一部分……

當然在印尼友族之中，也有理解我們華人的，我的兒時玩伴中，就有一個鄰居峇達族（Batak）少年，大家相處得很好，他父親是上尉軍官，對我們也挺和善的。

當年，雖然我強烈地感受到種族歧視的壓力，但無可否認的，我還是感覺到廣大的印尼人民的本質是善良的。幸運的是，目前華裔的情況，已發展成自印尼獨立以來，相對較好的處境了。這應該感謝印尼的民主制度，民主人士，民主明智的政治人物，當然華裔本身的努力也很重要。

對華人的偏見與歧視的形成，據說自荷蘭殖民政府時期就已開始，他們為其統治的需要，就有意識地離間華人和當地居民的關係。在印尼獨立後，某些有心人士，把華人形容成只懂剝削人民的經濟動物，來掩蓋印尼整個經濟的真實的情況，在這麼長時間的宣傳誤導下，在人民群眾中間形成對華人的誤解與偏見，看來可不是一朝一夕就能改變過來的！所以我一直祈望，華裔能繼續努力，用行動改變友族對華裔的偏見，能與印尼國家及廣大人民共榮辱，能居安思危，不高調顯耀財富，多做布施，多做貢獻，以取得民族間的諒解。

希望通過大家的繼續努力，和廣大人民的覺醒，新一代的華裔印尼人，終將不必像我們那樣，再受到種族歧視的傷害了！

二零一二年十月八日

離鄉背井最思親

我家的家務助理米娜，來自印尼東爪哇，工作勤快，沉默寡言，是很好的家務助理。她說她有一個十歲的兒子和一個兩歲的女兒，丈夫是農民，自己沒有田地，幫別人做田裏的工作，收入微薄，於是她在香港賺的錢，便成為她家裏的重要收入來源。因此她不愛休假，寧可賺加班費。

我心裏倒希望她多休假，她離鄉背井拋下家人，尤其那才兩歲的女兒，難免想孩子，想家。根據我的經驗，多和同鄉相聚，談笑風生，是可以得到一些安慰的。說真的，每當假日走過銅鑼灣，看見眾多的印傭，在公園裏、天橋底、行人路邊，三五成群地談天說地、吃喝嬉戲時，心裏很替她們高興，並不期然地想起自己剛回國時，被分配到集美僑校的情形……

那時我們也剛離開家，離開父母，情況就和這些外傭相似，都是「離鄉背井」！更不巧的是碰上國內正在搞文化大革命，到處都是大字報、大辯論、鬥「牛鬼蛇神」、鬥走資派，以至武鬥……！這種混亂的情況，對剛踏入國門的青少年華僑學生來說，是比較難明白和理解的，因此看不到國家和個人的前途，而回印尼去已是天方夜譚！在如此前途茫茫的情況下，難免特別想家、想念父母。幸喜那時候，我們所在的廈門集美僑校，加上隔鄰的集美中學，有數千名命運相似的僑生同學，因為人多，在學校裏，在學校附近的集美鎮，甚而廈門市，便像現在的香港維多利亞公園那樣熱鬧，我們三五成群，彈吉他唱「大海航行靠舵手……」；三五成群，到集美鎮的百貨店閒逛，然後在小食店買四分錢一碗的豆漿，或六分錢一碗的花生湯喝；三五成群，跑到廈門中山路，去吃有南洋風味的「沙爹麵」，聊以撫慰思鄉之情；又或者再搭個渡輪到鼓浪嶼，一起攀登「日光岩」……

和同學們一起嘻嘻哈哈，至少可暫時放下想家與思親之情。

想當初我們離鄉背井時，大家都有一顆火熱的愛國心，大多數是懷着為國為民貢獻自己的青春和力量的理想回國的，或許有些人能如願以償，但像我們在文化大革命時候回去的，把我們下放到地少人多，糧食產量不夠吃的農村，除了增加當地農民的負擔外，真不知該怎麼做才算是「為建設祖國貢獻力量了」！反觀現在的外傭們，沒甚麼為國為民的宏圖大志，只懷着賺取薪金養家的目的，卻真正地為國家賺取寶貴的外匯，從而為自己的祖國作出了貢獻！看到這兩種目的與結果，不禁要嘆造化弄人，真是有心栽花花不開，無心插柳柳成陰啊！

我這位印尼女傭米娜，上一次在香港工作時，遇上了大麻煩。說真的，外傭初來香港工作，會遇到怎樣的僱主？僱主新聘外傭，聘到的會是怎樣的人？大家都心中無數，有點像盲婚啞嫁那樣，很大成數是碰運氣！那次米娜的僱主，便說遺失了一條價值約三萬元的項鏈，報警說是米娜拿去。警察把她帶去「協助調查」，後來保釋在外，結果調查了三個多月，給她一張證明，表示她清白！而那條項鏈，據說是僱主的兒子拿去的。

在調查期間，由外傭互助組織幫米娜解決住宿等等困難，然而其精神卻是非常痛苦的！她說當時天天以淚洗臉，非常想家！試想離鄉背井去工作，卻被誣告而被警察鎖上手銬，是何等悲慘的事啊！

願顧主們能體諒她們離鄉背井之苦，也願她們能全心全意地做好工作，大家互相體諒，讓這個世界變得更美麗一些！

二零一二年十二月十九日

小樽市的一位人力車夫

二零一一年日本海嘯後不久，我和家人跟旅行團到日本北海道旅遊，那時是夏天，櫻花已謝，不過還有一大片紫色花的薰衣草可以欣賞。縱使沒有這薰衣草，從煩囂的香港，到這夏天的北海道，它的安謐幽靜，已使我深深地感悟到，原來生活也可以這樣悠然自得，這麼舒坦自在的啊！

札幌市本身就沒有東京那麼熱鬧，但我更喜歡其郊外原野，在支笏湖邊漫步，遙望對岸朦朧的藍山，平似鏡的湖面，和觀察周圍樹上的烏鴉……，真有世外桃源的感覺。

隨團到了小樽市遊覽，這種安謐幽靜、世外桃源的感覺就消失了，因為我遇見了小樽市的一位人力車夫……

團友們在小樽運河橋邊拍照，我見橋頭停放着幾輛人力車，是供遊客乘坐的。三輪車我倒坐過不少，這種用人拉着跑的人力車，卻從來沒有乘坐過，於是拉了老伴一起光顧，拉車的是一個二十來歲的小伙子，他的服務態度非常好，笑容滿面的，他先幫我們坐好，又幫我們用我們的相機，拍攝坐在人力車上的照片，然後才拉着我們跑，原來他會講簡單的普通話，倒還可以勉強溝通，他熱情地介紹經過的商店是賣甚麼的，經過三井銀行時，還講述銀行簡史，半途又應我們的要求，再為我們拍照，我感覺到他的熱情，他真的很敬業，很快樂，很自信，不卑不亢——我感覺不到他有絲毫因為自己是個拉車的人而自卑。——短短的十分鐘車程的接觸，我竟為他自然表現出來的品格所感動！

剛才我會決定乘坐人力車，除了因為沒有乘坐過之外，還另有一層當時不大明確，其實卻起重要作用的因由，就是對日本人的憤慨！當時朦朧地覺得日本人欺壓我國人民久矣，今天就該讓你們日本人為我拉車吧！誰知短時間的接觸，這位日本人力車夫表現出來的樂業敬業、不卑不亢的品格，使我暗暗地為自己決定坐車時閃現過的，簡單幼稚的「復仇」動機慚愧。但是話說回來，中日最近一百多年的歷史，就是日本赤裸裸的、血淋淋的侵華史，至今不悔改，尚佔領我國領土釣魚島，叫我怎能不憤慨呢？

然而這位小樽市的人力車夫的高素質的表現，令我不期然地聯想到，在日本海嘯期間看到的一幕電視畫面，在一間便利店外，人們耐心地排隊等開門，我當時就想，在許多國家，有亂事時，商店早被人洗劫一空，日本人卻能有秩序地排隊，實在難能可貴！是不是日本人的國民素質特別高呢？

我真有些困惑了：到底日本人是貪婪、殘酷、死賴皮不認錯的民族，還是國民素質很高的優秀民族呢？看來這問題不能簡單化，就讓有識之士去分析吧。我們普通老百姓，還是莫理這麼多，最主要還是祈望我國的領導人，在提高廣大民眾的生活水準之時，也能把提高我國人民的品德素質，作為一個重要課題，認真對待，使中華民族能躋身世界最優秀民族之列；並隨時做好準備，保衛我國的釣魚島、南沙群島、西沙群島等等神聖領土，把侵略者攆出去！

哎！這本來是悠游自在的旅程，就因為這位小樽市的人力車夫，搞得我心潮澎湃呢！

二零一二年十一月二十四日

我和武漢的約會

在朦朧的小學時代，我就聽老師很自豪地告訴我們，我國建成了武漢長江大橋，雖然當時不很明白是怎麼回事，卻也覺得自己的祖國很了不起，那是我第一次聽到「武漢」這個名字，並留下較深的印象。

後來上地理課時，讀到中國三大鋼鐵廠：鞍山鋼鐵廠、北京石景山鋼鐵廠和武漢鋼鐵廠，又增加對武漢的印象。覺得既有長江大橋，又有鋼鐵廠，武漢真是了不起啊！

到念中國近代史的時候，又知道原來推翻腐敗的滿清政府的辛亥革命，也是在武漢的武昌打響第一槍的！原來武漢除了代表祖國的強大之外，也是一個極有歷史價值的名城啊。

就這樣，在那個還是昏昏噩噩的少年時代，我已經仰慕武漢了，在心中與武漢暗暗地許下了個約會：我總有一天要到武漢看看！

一九六六年我剛回國時，住在廣州華僑補校接待站等分配，分配的地方就是武漢僑校，以及集美僑校。我當然想去武漢，但按條件，我被分配到集美，就這樣，我竟和武漢失之交臂了。

文化大革命中，我也很留意武漢的消息，曾聽説「武漢七二零事件」，大字報説武漢陳再道兵變，諸如此類的消息不少⋯⋯。雖然關注着武漢，卻始終無緣踏足武漢。直到三十年之後的九十年代中，終於，有機緣來到這仰慕了許久的城市了。

那時候聽説長江三峽將要截流了，心想三峽的急流險灘遠近有名，自古名儒雅士題詩不少，截流後急流險灘將會消失，若未親眼目睹這著名了幾千年的景色，未免太可惜了，於是便和弟弟一起參加遊三峽的旅行團。那時的三峽團，是從武漢上船，一路沿江而上的。

記得當年出發那一天，我很是興奮，因為就要實現少年時代和武漢的約會了，可以看看武漢市容和參觀著名的黃鶴樓了。哪知道飛機卻偏偏晚點！而且是晚了好幾個鐘頭，到武漢時天色已黑，參觀市容和黃鶴樓的節目就此泡湯了。第二天一早，餐廳門都還沒開，每個人獲發一個早餐飯盒，就離開酒店登船去了。正是人算不如天算，雖然腳踏了武漢的土地，卻竟未能實現「看看武漢」的願望呢，真是有緣無份啊。

又過了好幾年，已是二千年初的事了。因為有事必須與武漢的一家出入口公司交涉，便和老伴飛往武漢，公事很快就談好了，對方盡地主之誼，帶我們去參觀黃鶴樓，然後駕車帶我們遊武昌，告訴我們武昌是學校區，漢口是商業區，漢陽是工業區，又帶我們到步行街逛個夠……

就這樣，少年時代與武漢的約會，總算在過了四十多年之後，終於實現了。

雖然說到過武漢看看，其實我對武漢還是瞭解不多的，甚至連當年差一點就分配去的武漢僑校是不是在武昌，我都還不能肯定呢？

還有曾聽說武漢的工業發達，除了是後來發展出來的之外，也和在滿清後期的洋務運動中，張之洞在此地打下了工業基礎有關。不知道這個說法對不對呢？……

後來我又有機會和武漢再繼前緣，二零一三年時，我跟着住在香港的部分印尼梭羅校友再去遊長江三峽，看看到底截流後的三峽，和原來的三峽有甚麼不同。遊三峽的首站就是暢遊武漢，這次遊黃鶴樓、東湖公園，步行街等等，雖然也是走馬看花，因已是第三度到武漢，總算滿足了少年時決心到武漢看看的願望！

二零一三年八月一日

不一樣的婚宴

我參加了一個婚宴，與平時有些不同的婚宴。

這是Kriss和Arturo的婚宴。很多香港人都有英文名，尤其年輕人，可能沒有一個人是沒有英文名的。這大概是香港的特殊文化吧。

Kriss是我們老同學的女兒，婚宴在尖沙咀一家酒店的宴會廳裏舉行，Kriss的許多同學和朋友，還有Kriss父母的親友，來了好多人。Arturo的父母兄弟以及同事朋友們也來了不少，他們也有好多桌的人。不過沒有Kriss的那麼多，而且都是外籍人士。

對！他們確實是外籍人士，因為Arturo是從接近兩萬公里外的中美洲的墨西哥過來的，

外籍新郎穿唐壯禮服和熱情的外籍伴郎們合照

是一個英俊的黑頭髮白種男子。他和樣貌娟好的Kriss站在前面臺上照相，我覺得他們很登對，彷彿瞧見童話中的王子和公主，禁不住讚歎他們是天生的一對璧人！

看他們在臺上拍照時，我不期然想起了王昭君和文成公主，這兩位歷史上為國家的和平，為百姓避免戰爭的蹂躪，而作出了貢獻的漢族女子，他們都遠嫁外族，也就是和親或和蕃，她們適應了外族人的一切，在番邦安居下來，並得到外族人的認同和尊重。

如今Kriss和Arturo的婚姻，雖然也是不同種族的婚姻，當然和歷史上王昭君和文成公主的情況是完全不同的。我為何會聯想起歷史人物呢？因為我在擔心兩個種族性格絕然不同的人，是怎樣相適應的呢？但到後來，聽了和看到一些事情之後，我相信他們是應該能互相適應的！

首先在和Kriss父母的談話中，我瞭解到Arturo非常熱衷於中華文化；而Kriss在宴席過程中，被Arturo的外籍朋友們圍繞着，和Arturo相擁跳墨西哥搖擺舞的時候，她表現得是那麼自然，已然完全陶醉在這種墨西哥文化之中了。可見他們倆是互相接受着對方的一切，包括文化等等。這樣還有甚麼可擔憂的呢？尤其是看到他們對視的眼神，啊！男孩子若被他心儀的對象，用這種深情的眼神盯着，還有不熔化的嗎？

忽然擴音喇叭響起了甜美的聲音，原來美麗的司儀登上前臺講話，她先對外籍賓客講了一段西班牙語，就轉回廣東話，她講述了當年她和Kriss一起作為交換生到墨西哥讀書的情況，當時Arturo是交換生的輔導員，不久Arturo和Kriss就互相愛上了，一年的交換生學習期過了後，Kriss回到香港，他們的戀情有沒有結果呢?連Kriss也沒十足把握。如此相隔了一年，Arturo作了一個重要的人生決定，他遷到香港來居住和工作，誓要抱得美人歸！

輪到新人講感想時，Kriss感謝父母親雖不放心她到遙遠的墨西哥作交換生，但還是尊重與支持她的決定，也接受了她選擇的Arturo。我聽了很是感動，慶幸她有如此開明和偉大的雙親。Arturo先用西班牙語講了一會，再用很重的外語口音的廣東話感謝Kriss的父母一直把他當家人看待……

會場上充滿了溫馨，宴席在溫馨的氣氛中開始了。在賓客們互相勸酒時，宴會廳的大門忽然打開來，隨着音樂聲魚貫走入了四個頭戴非常寬大的墨西哥草帽，身穿墨西哥服飾的外籍人士。其中兩位各自彈着一大一小的吉他琴，第三位拉着手風琴，最後那位吹着一管喇叭，他們走上台去演唱墨西哥音樂，場面即刻沸騰起來，有十多個年輕的外籍人士，圍着新人和着音樂唱墨西哥歌曲，新郎擁着新娘在餐桌邊狹小的地方，跳起墨國搖擺舞。舞罷，十多位墨國青年，吆喝着把新郎拋上空中去，連拋了三下才甘休……

四位樂手又到台下我們華籍賓客這邊，演奏了幾首鄧麗君的歌曲，許多賓客跟着唱起來。接着他們就到外籍賓客那邊演奏外國歌曲，外籍賓客們都站起來和着唱，扭着身體跳舞，非常興奮，場面即刻沸騰起來。這與平常我們華人的斯文喜宴，大不相同，兩種民族性格的差別表現得淋漓盡致！

Kriss和Arturo

在這種我們少見的熱烈氣氛下，主人家到各個桌子敬酒，恭喜和勸酒的聲音，此起彼落，賓主盡歡。受熱烈的拉丁氣氛的影響，大家的紅酒都似乎喝多了一些。我感覺不論心情還是身體，似乎都輕飄飄的。

不知不覺間最後一道甜點都上桌了，我跟着大家向站在廳門前送客的主人家握手告別，在和新郎新娘握手時，我祝福他們白頭皆老，互相扶持，共走人生路！

二零一四年三月

老家情未了

這次從香港回萬隆遊玩，安排我們旅程的老同學老李，帶我們到以前我們居住的老家看看，其實我們的老家早在三十多年前已經賣給別人了，而且當時在這裏和我們一起居住的父母親和祖母，都先後到了天國，剩下的就是我們三姐弟，現在都在汽車上，一起回來看看這已是別人的住家的老家。

我們每次到萬隆，總會來這裏看一看，畢竟我們漫長的童年和少年，都是在這裏度過的。就我來説，在這裏一直住到十九歲回中國去為止。這裏，留下了太多兒時的記憶，叫我們怎能不掛記它呢！

我曾經追尋自己的記憶，把兒時記得的事物，一幕幕地讓它們在我腦海中顯映出來，追尋到的最早的記憶，就是在這個家，我在家門口，看見一輛用馬拉的大貨車，父親指揮工人搬東西，那是我們在搬家，搬進我們現在看的這個老家。

這老家的後院，靠後面圍牆邊，種了一列香蕉樹，還有一棵好高大的酸子（Asam）樹，樹上很多毛蟲，常常掉到地上。寬廣的後院成為我們小孩子的玩樂天堂，玩跳飛機、捉迷藏、踢橡皮球、賽跑等等。

後來香蕉樹和酸子樹都被砍掉了，後院建起了一座很大的廠房，我們的老家變成前居後廠。院子變小了，在院子中心搭起一座鴿子屋，養了一群鴿子，從養鴿子中，我們兄弟得到許多樂趣。而廠房裏，曾經生產過男人用的頭髮臘和女人用的頭髮油。也生產過威化餅乾和類似魚皮花生的花生產品。

在回憶的片段裏，我也看到自己很愛倦縮在沙發椅的一角，聚精會神地看《少年文藝》。到年紀略大一些，就看《鐵道游擊隊》、《苦菜花》、《青春之歌》、《鋼鐵是怎樣煉成的》、《牛虻》、《烈火金鋼》、《紅岩》等等。這些書激勵着我的少年心，恨不得自己變成那些革命志士，為祖國貢獻力量！

我還看到高中時代的我，在心愛的書桌上，用稿紙抄作文，把它們寄到雅加達的生活週報的學生園地，當看到文章被刊出來的時候，我非常興奮。但論最興奮而且激動的，這還算不上，那應該是在萬隆中華總會派人送我的回國護照與簽證給我的時候，那簡直是狂喜。因為我強烈地感覺到，我很快就可以去到那些英雄人物所在的國度，和到處是像雷鋒那樣高尚情操的人民的社會中去，當時那可是我夢寐以求的事啊！

假如那個時候有人提醒我，為甚麼要學習雷鋒，就是因為大部分人還不像雷鋒那麼好，才需要向雷鋒學習。讓我的發熱的頭腦稍微冷卻一些，讓我回國的思想準備比較接近現實一些，那對我可能會更有好處。可惜我周圍的人，都像我那樣的頭腦發熱，自然不可能有人會冷靜地看問題了。

收到護照之後兩個月，我就結束了在這個老家的生活，進入我人生的另一個階段了。

這些都過去了，不談也罷。

老李同學停好了車，問我們要不要去按門鈴到裏面看一看，他說現在的屋主是我們小學時代的同校同學。我說不用了，房子改建過了，我不想破壞我印象中老家的格局，不看為妙。我和弟弟下車在路上漫步，看看當年我們和鄰居小孩子們一起玩耍的街道，那時候這條街是屈頭街，離我們的家五間屋子之外，街道就終止了，接下去是田地和茅屋，所以很少車輛來往。我們在路面上用粉筆劃線玩遊戲。有時把人分兩批，以橡膠圈為槍，以紙條捲成實心紙筒作子彈，玩戰鬥遊戲。總之，整條街都成為我們的玩樂場地。我們也常在屋前草地上鬥雞、玩彈子遊戲，談天說地……

這條街留給我們的記憶是很溫馨和快樂的，和我們一起玩的小伙伴們，很多已遷走了，不知他們現在怎樣呢。他們之中大部分是幾代僑生（幾代前的祖先由中國遷來），他們不會講華語，但保留中國人的姓名和一些習俗。另有一對兄弟，其父是伊朗人，母親是爪哇人。有一個和我同年的小伙子是荷印混血兒，還有一個是印尼峇達族少年，他父親是上尉軍官。我們之間的種族、文化背景，以致於宗教信仰雖不相同，但我們在一起時，講着當地的巽達（Sunda）語，相處融洽，玩得開心，以致到現在，我還會想念他們。

我和弟弟慢慢走到昔日的屈頭路盡頭，現在是有路直通出去了，以前的田野和茅屋，變成了柏油路和洋房。我們折回頭打算走回我們的汽車那邊，走了兩步，前面不遠處停了一部汽車，走出了幾個人，其中一個身材肥胖的老婦人，和我打了個照面，我心中一愣，怎麼這麼面熟！但這不可能呀，這位是印尼老婦人，我剛來兩三天，還沒有認識本地人呢。這時他們都走進門牌五號的洋房，這是當年和我一起玩的峇達族朋友的家。我突然心中一動，對了，面熟就是因為那一雙眼睛，我想起了當年峇達少年的姐姐的那一對明亮眸子，當年我覺得她很漂亮，每當她出來看我們玩耍時，我總是不由自主地想偷看她，那時我不過是一個少年，也許剛剛到情竇初開的年紀，所以對她有一些好感，再說得重一些，勉強可以說是暗戀吧！當時她是苗條美貌的女孩子，她那雙美麗的大眼睛看我的時候，我覺得魂都會給她攝去似的。但是眼前這位婦人，肥胖到走路也蹣跚，怎麼會是她呢？不過回想當年她的母親，就是像眼前這位婦人那麼胖，那麼美麗的她，演化成眼前的婦人，也是可能的呀，還好，至少她還留下那明媚的眸子不變，讓我認出她來，讓我的心狂跳了好一陣。

走回我們的汽車邊，看見老妻正在給老家拍照，望着到現在還那麼苗條和美麗的她，我心想，一切天註定，感恩！

我們都上了汽車，我回頭望望老家，又望望那門牌五號的房子，心想，緣份終了，就得放下。再見了，老家！

二零一四年四月九日

母親節懷念母親

香港和一些地方一樣，五月的第二個星期天是母親節。

我小時候從來沒聽説過母親節，後來才慢慢留意到有人慶祝母親節和父親節。起先我覺得提倡這些節日，是商人們為推銷禮品和餐廳老闆為多做生意搞出來的玩意兒。但是後來覺得這些節日，也有其正面意義，實際上父母猶如天地照顧萬物那樣地照顧孩子，那麼做孩子的，每年多一個紀念日為父母親慶祝，也是很好的感恩行為呀。或者也可提醒那些不孝的人們，天下人都是孝順父母親的！

母親節又來臨了，孩子們約好時間帶老妻和我去餐廳慶祝。我也自然想起許多我母親的

母親與我（1950年）

往事，小時候我眼中的媽媽是萬能的，不論遇到甚麼困難，便躲在媽媽的身後，媽媽便能給我解決。後來母親年紀漸老，很不幸患上「柏金遜」症，這種病使她的肌肉逐漸僵硬，行動遲緩，在床上轉身，起身，都困難，甚至走路、吞咽和說話也都很辛苦。這是一種慢性病，十多年間，隨着時間的推移，情況越來越嚴重，天天看到她這樣受疾病煎熬，真是心痛如刀割，非常同情她。那時我不懂得必須把心裏的負面情緒渲泄出去，因此長期不斷地把痛苦積累在心裏，使我變得鬱鬱寡歡。

後來母親去世了，我當然非常悲傷，但同時也覺得她終於解脫了痛苦。母親解脫了肉身的痛苦，但她的痛苦在我心裏卻並沒有消失，而且在我不知覺的情況下，一直影響着我的情緒。因為有下面說的一件事，我才發現到這一點！

那是幾年前的事了，我和老伴、弟弟、弟媳及姐姐到印尼龍目島旅遊，我把在龍目島拍的一張合照，放上「臉書（Facebook）」，我的甥女看見後，留言問我，大家都笑容燦爛，為甚麼舅舅不笑？我回憶當時情形，我們確實玩得開心，那天照相時，我心裏忽然湧出一種不明所以的憂鬱，於是我的笑容不見了。經過思索和回憶，我察覺到，這種不明所以的憂鬱，常在我感覺到快樂時湧現出來，比方同學聚會，我和大家都興高彩烈時，它就會來了……

後來我碰到一位懂心理學的臺灣朋友，他找出我突然不笑的原因，就是我長年見母親被病痛折磨而產生的痛苦，並沒有隨母親逝世而消失，卻潛入我腦海深處，平時不感覺它的存在，但是當我感到快樂時，它就起作用。我問我那朋友，它，也就是那潛藏着的痛苦是怎麼起作用的，他說它暗示我，並把暗示用他的話翻譯出來：「母親被病痛煎熬得如此痛苦，你怎麼可以無視母親的痛苦，竟然這麼高興快樂！你是個孝順的人，你應該為母親的痛苦而悲傷，來代表你對她的愛和孝順。」於是憂鬱突然佔據了我的心，快樂即時消失，笑容也馬上不見了。這就是我的不明所以的憂鬱的真面目！

那位朋友指導我，把埋在內心深處的痛苦渲泄出來。方法簡單卻實用，心情漸漸平復，笑容終於回來了。

我還始終如一地懷念着母親，但是現在我明白，不必用自己的憂鬱和不快樂來表示對她的愛和孝順了。我知道，若母親泉下有知，她也希望我快樂的！

二零一四年五月四日

過橋淚

有時和老伴到深圳遊逛，步過羅湖橋進入深圳時，望見左邊不遠處的鐵路橋，常令我想起讀過的歸僑作品中，不止一篇提到羅湖鐵路橋。他們談到第一次經過那橋，步入中國大陸時的激動心情。當然他們提到的那座鐵路橋和現在我看到的這座鐵路橋已不是同一座了，現在的是重建過了的，行人和火車分開成兩座橋了。

我是相當明瞭他們的心情的，因為我在六六年八月第一次進入中國大陸時，也是從那座橋走過去的。著名的科學家錢學森，一九五五年十月八日就是從這座橋走進祖國懷抱的。我們沒有他那麼偉大和本事，但愛國的心應該是一樣的。祖國的近代史，都是被列強欺負的歷史，我們海外僑胞把祖國的強國夢，寄託在剛誕生不久的新中國身上，當自己能夠回國為祖國建設奉獻力量時，心情自然是激動的！

五十年代中至六十年代初，是我們這一代人的成長時期，那時期讀的華僑學校、看的中文報紙、訂閱的國內出版的人民畫報、老師講的和學校董事回國觀光後回來給我們做的報告，還有北京電台等等，都使我相信祖國沒有了剝削，欣欣向榮，人民生活安定，社會平等，夜不閉戶。而且越來越強大，超英趕美自不在話下……

我記得當時看過一篇文章說一個回國觀光的華僑，在酒店丟失了錢包。被酒店的員工拾到了，要交還給他，而他已去了第二個城市，於是這錢包就被送到他去的城市，而他又到了另一個城市，錢包跟着他，轉了幾個城市，終於交回給他了。

當時我看了非常感動，在印尼有扒手、強盜。在中國卻失物找失主，真是天淵之別啊！就是類似這樣的宣傳，使我恨不得快些回國去讀書，然後為祖國服務！

那時代因為印尼政府的排華法令，加上別有用心的人士的挑撥，社會上的排華情緒較高，六五年政變後，排華更厲害。所以當我經過羅湖橋進入中國時，感到我這個受印尼反華人士歧視的海外孤兒，現在終於要回到自己的國家了，有着孤兒投進母親的懷抱，從此不會被人欺負了的強烈感受。並且心裏在想，我現在走過這座橋，就可以為偉大的祖國，貢獻自己的青春與力量，我的生命就有真正的意義了！又看見五星紅旗在橋頭飄揚，雄糾糾的解放軍戰士在橋邊站崗，自然而然，激動的淚水就奪眶而出了！

過了橋擦乾眼淚，會遇上甚麼情況呢？不同時期及不同的每一個人，都會有不同的際遇。就我和同時期回國的同學來說，最明顯的特點就是一進入中國，中國是處在文革的特殊情況之下。

文革時期的極左路線和思潮，使我們歸國華僑背負了「海外關係」的政治包袱，也就是不被信任，不被重用，並且很容易被打成特嫌、特務……。所以當政府允許我們離境時，有不少歸僑便湧到港澳和世界各地。

但是不論到了甚麼地方，絕大部分的歸僑，都還是熱愛祖國的，他們痛恨的只是禍國殃民的極左路線和思潮！例如香港的絕大部分歸僑，始終堅定地站在愛國的立場，近來他們積極參加簽名「保普選、反佔中（環）」，並將參加八月十七日的遊行，向一小撮反華勢力的走狗、亂港分子說不！

這就是我看到的歸僑們，感受到他們的愛國心始終不變！

二零一四年八月五日

名牌的誘惑

最近聽説香港南區的一個屋苑，有些住客進行小型的請願示威活動，反對大業主收回屋苑商場的鋪位，用於改建成名牌專賣場。

真佩服這些名牌店，銅鑼灣和尖沙咀等旺地的好鋪位，已是他們的天下了。現在連南區的屋苑商場，他們也開始登陸了。香港名牌店的顧客，從排隊進店的行列中看，絕大多數是我們的大陸同胞。名牌的威力和大陸同胞的購買力，皆令人刮目相看啊！

早在七十年代，我剛遷居香港不久，就知道世界上有「名牌」這回事了。當然不是我買，而是從印尼來香港遊玩的親戚那裏知道的。他們到香港的目的之一，就是買名牌手袋、鞋子和衣服，等等。有一次我看我的姨媽整理行李，見她竟買了六個名牌手袋。一個手袋的價錢，比我當時作為一個小職員的薪水還要高，真令我咋舌。我問她買這麼多幹嗎？她說現在親戚們的小孩子都開始長大了，經常有婚宴，赴宴時朋友們都用名牌手袋，自己不用的話，太沒面子了。這次用了這個，下一次就必須換另一個了，不然會被人笑話的。她還說買這幾個其實都還不夠呢！

哦！原來姨媽買名牌手袋是為了赴宴時用的。我又問她，若買不起名牌的人怎麼赴宴呢？姨媽說那是屬於另外圈子的人，她們向來都不用名牌子的，也沒甚麼問題。只是像姨丈那樣的家族，非保住這面子不可，是不能不買的。

她又說，這六個手袋裏有一個，是代她的表妹，也就是我稱呼她為蓉姨的表姨買的。她說蓉姨平時省吃儉用，省下錢來就為買一個名牌手袋。其實她沒有必要這樣做，她不知道當她沾沾自喜地提着那辛苦得來手袋赴宴時，人家在背後卻議論她沒錢還學人用名牌，懷疑她用的是冒牌貨呢。

有一次我的表哥兩兄弟，由印尼萬隆來香港遊玩，他弟弟大熱天還穿著名牌西裝領帶，特別整齊，雖然渾身汗水也在所不惜。他說穿起這些名牌，感覺良好，覺得別人特別尊敬自己。後來他哥哥私下對我說，他弟弟自信心不足，要用名牌來提高自信心，其實應該做心理治療才對的，但是既然穿名牌確實能提高他的自信心，家裏人也就不干涉他了。真沒想到，名牌還有如此的心理妙用呢！

九十年代初，我的一位在印尼做生意的堂兄，經常來香港辦事。有一次我和他在銅鑼灣時代廣場九樓用晚膳，膳後陪他到B字頭的名牌店買東西。我曾問他，每次來都買這B字頭名牌，是不是它的產品特別好穿好用呢？他說，是蠻不錯的，但是最主要的是習慣了，想買這些東西時就自然找它了。我這堂兄是開大工廠的有錢人，就是他穿上普通的衣服鞋襪，別人也會以為他穿名牌子的。而他買這B字頭牌子的東西，不為面子，只是習慣了而已。

我陪他選了好些東西，要去付款時，他叫我也選幾樣，他要送給我。我從來都不用甚麼名牌子的，當然不要。他卻執意幫我選，我對他說，那就讓我自己買吧，這些我還買得起的。他幫我選了一條皮帶，一個錢包，一雙皮鞋。當時我想，見識過多個親戚買名牌的不同原因，如今讓我親身體驗一下買名牌子，穿名牌子的感覺，到底是怎樣，也算是一種經歷吧。於是我掏出錢包，抽出信用卡給店員，就這樣，我第一次嘗試了買名牌東西的滋味！

當我穿戴這些名牌的時候，我並沒有甚麼特殊的感覺。也不會像我那位萬隆的表哥那樣，覺得穿名牌使別人尊敬自己。當我去會見生意上的朋友或客戶時，身上的名牌似乎還沒有我的名片重要，因為他們重視的是我的公司和我這個人，他們知道只要是我的公司或我這個人答應他們的，便是真正能保證供貨的數量、時間和品質的，這才是他們覺得重要的。

因為這個緣故，名牌對於我，便顯不出甚麼吸引力了。所以到了後來，除了球鞋，因為好穿和耐穿的緣故，我會買屬意的名牌子之外，其他東西，我就不刻意一定要買名牌貨了。但是我不是說買名牌不好，名牌有名牌的優點，不然怎麼香港會有這麼多名牌店，而內地來的同胞又會排隊買名牌呢？而且買不買名牌是個人的喜愛和抉擇。我這裏說的，只是我自己的喜愛和抉擇罷了。

二零一四年七月十八日

我遺失了秋天

十月中的香港，感覺到秋意了。晨運時吹來的海風，已有些涼意，就是中午也告別了叫人滿頭滿身都是濕汗的高溫。啊——！可愛的秋日來到了！秋天的輕風真叫人感到無比的涼爽和舒服啊。

有人把秋天喚作金秋，那是因為田裏成熟了的金黃色的麥穗和稻穗，是象徵着豐收季節。還有北方的秋天，樹葉子黃了，滿街望見的，或者放眼漫山遍野，都是金黃色的樹葉，也讓人感覺是金色的秋天。當然，金秋於我的意義，是珍視秋天，是讚揚它是四季中最舒服的季節。

有朋友說，要是一年到頭都是這樣的秋季，該多好啊！咦，這不算幻想，也不是夢語，真有這樣的好地方啊！不信？告訴你吧，我就曾在這樣的地方生活過十九年。真的，那就是我的故鄉印尼萬隆市！

印尼的國土被赤道線穿過，所以大部分地方都是炎熱的，萬隆市因地處海拔七百至一千公尺的山區大盆地中，因此中午的氣溫約攝氏二十五、六度，清晨就會低二、三度左右，下雨時也會涼一些，這不就和秋天宜人的氣溫相近嗎？並且它有一處比香港的秋天還要好的地方，就是不會過度的乾燥！

我離開萬隆已近半個世紀了，萬隆的人口和汽車增加了好多，似乎氣溫也升高了一點，但還算是涼快的。在它的北郊覆舟山下的連旺（Lembang）區，那就非常清涼宜人的了，而且，這是一年到頭都是這樣的，豈非一年四季如秋乎？

我是在那裏出生的，一直到十九歲才離開。少年時代看書報說春天是萬物生長的季節，春天代表了欣欣向榮，也代表了希望……。因此我以為春天必然非常舒服，心裏很想嘗試一年裏有四季變化的感覺。當然我不會因為這個理由就離開出生地兼故鄉的。促使我告別故鄉萬隆市的是甚麼呢？是當時年青人的志向、理想！

當年我在印尼上學，上的是華僑學校，學的主要是中文，兼讀印尼文和英文。學校裏聽到的，華文報紙上看到的，人民畫報上見到的，讀的課外書，如《少年文藝》、《青春之歌》、《苦菜花》、《鐵道游擊隊》等等，都使我和我的同學們心裏萌起熱愛新中國和社會主義的火苗，這火苗越燒越旺，當各種條件成熟時，我們便毅然離開了溫暖的家，志氣高昂地回國去了，一心想把自己的力量奉獻給祖國的社會主義建設！

五十年匆匆地過去了，現在回過頭去看當時的一切，志向和理想因為時代的錯誤，並沒能實現，當時也曾為此異常的失落！但是若總的來看，作為當時的年青人，我們這一群人是積極向上的，我們奮鬥過、奉獻過，我們的青春是燃燒的，因此那也是無悔的青春！

我的朋友問我，真的無悔嗎？我説確實是！唯一惋惜的是，後來享受不到萬隆的一年皆秋的宜人氣候了。我現在定居香港，冬天的氣溫跌破十度時，要忍受寒冷；春天到了，又要忍受回南天的潮濕，那是嚴重的潮濕，連牆壁也會發黴的，這樣的濕度，人是會感到不爽快的；夏天時，眾所周知，其酷熱比在赤道附近的雅加達和泗水還熱。只有秋天的涼風，才使人感覺到活着的暢快！但是卻因此常令我想起，我本來就是生活在一年四季都像秋天那樣的好地方，後來才遺失了其中的三個秋季……

當然那也是無悔的！

二零一四年十一月二日

賣花老嫗

我和老伴在地鐵出口的行人路邊等兒子兒媳到來，準備一起去餐館，兒子和女兒請我們吃晚餐，一起慶祝母親節。在地鐵出口旁邊的大廈門口地上，坐着一個老婦人，也許是佝僂的原因吧，她低着的頭和身體成九十度，她在地上坐着，感覺她是一團身體堆在地上那樣，她佈滿皺紋的臉，還有銀白色且稀疏的亂髮，以及她緩慢而顫巍巍的動作，使我覺得她應該超越九十歲了。她前面擺着一個小紙箱，箱面上有些小的透明塑膠袋，裏面都裝有四枝白蘭花。老婦人則不停手地把散放着的花朵，塞進一個個的小袋內，這老婦人是在賣這香味濃郁的白蘭花包！

我心裏同情她這麼老了還要在路邊賣花，想等會離開前，向她買幾包花送給老妻、兒媳和女兒吧。

這時一個年約三十歲的女人，俯下身體問老婦：

「阿婆，多少錢一包？」

「……」我見老婦人的嘴在動，但聽不到她的聲音。

「我聽不到，阿婆，對不起，多少錢一包？」那女人重問。只見老婦人伸出五個手指，那女人就說：「五塊錢是嗎？」老婦人點點頭。那女人蹲在老婦人前面，撿起五包花，拿出三十元放在紙箱上，說：「阿婆，這裏是三十元，我要五包，不必找錢了，謝謝阿婆。」說完就走了。

不久後，一個路過的男士，約四十多歲，看見老婦，就站住了，他掏出錢包，取出一張二十元的鈔票，俯下身子，把錢放在老婦的紙箱上，取了兩包花，聽見他說：多謝阿婆，就走了。

一個很年青的少女，本來已走過去了，又折回來，俯下身體拿了一包花，放下二十元的鈔票，那老婦拿起幾包花塞給她，她說：「不用了，我要一包夠了，不必找錢，阿婆再見。」說完就走了。

有心人繼續出現，我想香港還有很多富同情心的人，香港應該還有希望！

這時我的兒子兒媳到了，告訴我們，我女兒一家人已經在餐館等我們了。我取出一張二十元鈔票放在老婦的箱面上，拿了三包花，對老婦人說：「我要三包花，這是二十元，不用找錢了。」

走了兩步，我回過頭望她，她還在用顫巍巍的手，把散花塞進小袋裏。我忽然想到，怎麼她的孩子們不請她吃飯慶祝母親節呢？

於是我整晚都處在有些悲戚戚的感覺中……

二零一五年五月十日

漫步京城隨想錄

作者老伴（右）與弟媳在老字號名店前留影。

二零一五年六月中，我和妻子夥同弟弟和弟媳一起乘飛機到北京，一出機場，見到天晴氣朗，並沒有傳說中的滾滾風沙，心情也跟着舒暢起來了。當車子上了高速公路時，舉目所見，處處是高樓大廈、高架公路和高架橋，路上車水馬龍，名牌轎車滿街跑，這不就是現代化的大都會嗎！和印象中的老北京大不相同了。

好多年以前來過幾次北京，碰巧都在秋冬時節，路邊的樹木光禿禿的，葉子早已落盡，天是灰濛濛的大陰天，影響到心也是悲戚戚的。今次是在六月炎夏來的，原來夏天的北京另有一番景象啊！綠油油的樹木，欣欣向榮，雖然氣溫超過攝氏三十度，卻不感到熱得難受，不像香港一旦超過三十度，就感到悶熱難擋，到街上走一走便已汗流夾背了。

這次在北京住了幾天，要深刻地瞭解北京，當然做不到，但遇到的人和事，總有一些印象或者感觸，雖不一定正確，卻是我真實的感覺，選一些印象較深刻的寫下來，日後拿出來看，也可以慢慢地回味。

（一）的士（計程車）

出了北京機場，我們排隊上了一部的士，我把寫着酒店地址的紙張交給司機，他看了一下，還給我，就開動車子啟程，卻對我說不大清楚在哪裏。我連忙打電話給住在北京幫我定酒店的朋友，叫他告訴司機怎麼走到酒店，司機接過電話聽了一會，把電話還給我，還是說不大清楚怎樣走。我的朋友告訴我，望向高速路右邊，會看到我們訂的酒店，便可在前面出口下高速公路，認準酒店所在方向，應能找得到的。不一會果然看到酒店的大字招牌，便叫司機見出口就出去，轉彎抹角，終於找到了我們訂的酒店。

這位司機確實不很知道該怎麼走，而且和我交談的態度也是愛理不理的，屬於態度不友善之輩。還在行車途中，往窗外吐痰。亂吐痰這種事在香港是較難見到的了，因此我心裏感到很不舒服。我把這些事對北京的朋友訴說，他說目前北京的士司機多是外地人，外地人就可能對北京的路不大熟悉。至於亂吐痰和態度不好，是部分人的素質或覺悟水準問題。後來幾天我又搭了多次的士，約有三分之一的司機不熟悉路怎麼走，個別司機態度略差，向車窗外吐痰的又遇到另一個，大部分都還不錯的。平心而論，目前北京的的士服務還是可以接受的，當然還有很大的提高空間。

香港是我的長居地，外出時自不免見到甚麼都會拿來和香港比一比。北京的士司機的弱項，正好是香港司機的強項，香港的士司機非常熟悉道路怎麼走。那麼香港的士服務很完美嗎？我倒又不覺得是！記得一九六六年我過境香港時，香港已經有的士服務了，到現在已過了近五十年，作為一個知名的國際城市，香港的的士服務，經過這半世紀的發展，照理應發展到很完美才對，但是最近我看報紙，還見到關於的士司機對遊客濫收車資而被撿控的新聞，他們實在丟盡香港人的臉了。至於香港的士司機的待客態度，我遇到的多數是冷漠的，對他們講目的地，多數是不出聲不回應就開車，終於有一次一位司機把我送到另一方向，我向他重申目的地，他反倒埋怨我先前講得不清楚。其實他只要在聽到我說目的地時，複述一次作確認，不就完美了嗎？

八十年代時我到過北京，那時要用計程車，得和酒店預定包車，我曾和那位包車司機聊天，他說他們還是拿工資的，雖然有按公里分多少傭金，但金額太小，沒有吸引力，所以他們的工作態度還是能少出車就少出。如今不過二十多年之後，北京的的士服務能有這樣的水準，也可以說發展得相當迅速！還是值得讚賞的。

祝福北京的士服務繼續向前邁進！

（二）愉快的早餐

在北京幾天住的酒店是包自助早餐的，供應中西式早餐，花樣繁多，從西餅麵包到中式包點，從肉腸煙肉到麵點炒菜，還有咖啡、豆漿、果汁、鮮果等任選，品種多，不斷添加，雖沒有五星級酒店的那麼精緻，卻也感到很滿意了。

我排隊拿奄列蛋時，留意到服務員很熟手地煎蛋和放配料，很快就做好一個，當他把奄列蛋交給客人時，總是笑着說：「請慢用。」後來沒人要奄列時，我望見他跑去煎荷包蛋，也是挺熟手的。從他的表情、待客的態度，工作的表現，給我的印象是他喜歡這份工作，似乎從工作中得到快樂和滿足。

我的北京朋友說，他們大多是外地人，能在此工作，已是很滿意了。當然這也和各人的思想和觀點有關，有些人也許還會嫌棄這種服務工作，但是我碰見的這位煎蛋服務員，我感受到他的滿足和喜悅，見到他的感恩態度，這一切也感染了我，使我離開餐廳時，心情舒暢。

（三）中華老字號

改革開放後，北京許多有上百年歷史的老牌名店，又重整旗鼓，挾著名牌的威力大做生意，如大家熟悉的全聚德、同仁堂等等。而在絲綢業中坐首席的當推「瑞蚨祥」了。

我弟弟的兒子近期要舉行婚禮，弟媳需要做件旗袍在她兒子舉行婚禮時穿的。我們幾個便進入王府井的「瑞蚨祥」看看，進門後的過道小廳牆上，掛着幾個字框，是介紹「瑞蚨祥」歷史的，還有毛主席的提字，寫着：「歷史的名字要保存，……瑞蚨祥一萬年要保存。」我心裏想，有毛主席的這幾個字，文革中他們也許可以倖免於難吧？到進入大廳門口處有一字框，寫着「鐵價不二，童叟無欺」，突顯了他們的經營宗旨，也許這是他們能成為百年老店的原因之一吧？

進到店裏，都是綾羅綢緞，店員熱情介紹，設計師忙着度身和介紹樣式，選了表層綢緞，還要選裏布和做邊的布，結算時才知道裏布和邊布的綢緞，不比表層的便宜，連特製的鈕釦，也要五百元人民幣，做旗袍的工錢是一千二百元，總價格約三千三百元左右。

在店裏這段時間，見到這「瑞蚨祥」生意興隆，當地人來做旗袍的不少。還看到一個五十多歲的人，帶着年青的妻子和兩個隨從，選了好多東西，又做西裝又做旗袍，還買絲質睡衣，等等。結賬時不用卡，毫無顧忌地拿出一大疊紅色人民幣付款，聽他講話便覺得他自信心超強，正在風生水起得意時。我心裏想，是不是人們說的「土豪」，便是這個樣子？

看到「瑞蚨祥」這麼好生意，不禁想起當年革命加拚命時代，要買布做衣服，也要受布票的限定。這麼大的變化，表示人民的生活提高了。這就好啊，一切都不是真章，唯有提高人民的生活水準，才是真實有用的啊！

（四）長城

文革時代參觀過長城，二零零零年時又去了一次，兩次都是去八達嶺。後來聽人說，現在到北京參觀長城，除了八達嶺外，還有許多地方可去，有水長城、司馬台長城、慕田峪長城等等。這次到北京，侄兒領我們去的就是慕田峪長城。

記得一九七一年時，陪母親到八達嶺參觀，出租小車直達城牆下，我們上到城牆上，就向右邊走，比較平坦，正好方便當時行動不大方便的母親。那時幾乎沒有遊客，可以安靜地欣賞這偉大的建築。到二零零零年去的那次，上了城牆，是向左走，城牆隨山勢，向上而去，頗陡的，而且已是人山人海，令遊興大減了。

慕田峪長城在北京市北邊的懷柔區，汽車在停車場停下，我們還得步行一段路，再坐吊車上到城頭，便可在長城上漫步參觀了。這裏和當年看的八達嶺不同的是，這裏的山是綠油油的，很多樹木，八達嶺的山沒那麼綠。我們年紀大了，走走停停，等待年青的侄兒攀陡坡。

我仔細地看長城的走勢，隨着山勢起伏，宛如長龍。以當年的技術，在如此峻峭的山嶺上建造如此浩大的工程，談何容易啊！讚歎古人之際，也想到我們漢族在歷史的長河中，長期受北方民族的侵擾，為了防禦才建起這長城來。說來這也是消極的防禦，縱有長城，不也是被遼、金、蒙、滿等突破入侵嗎？真正有效的，當如漢武帝時代，建立強大的騎兵，把匈奴趕走。當時若在趕跑匈奴後，在匈奴故地草原上駐軍屯田，讓士兵牧羊養馬，遷徙部分人民到草原遊牧，永遠保有強大的騎兵，會不會比長城更有效呢？

從長城聯想現在的國防，最好的防禦當如漢武帝的雄才大略和百萬騎兵。現代來說或許是領導人的堅強信心和現代化高科技的武器、航母和現代化的人民軍隊。

（五）：在北京乘地鐵

離我們住的酒店沒幾步路就是地鐵口，看了地鐵路線圖，不禁驚歎：真是四通八達啊！於是我們買了儲值卡，去感受乘地鐵的方便。

我們從酒店所在地的三元橋站，搭十號車到王府井，便須在國貿站轉一號車。平時我在香港地鐵這樣轉路線時，只要到對面的列車上車就可以了，這裏卻要走一段好長的路，轉車的人又多，通道顯得太窄一些。後來在其他的轉車處轉車，情況也都大同小異。不知道北京地鐵的設計師，為何不設計像香港那樣方便乘客的轉車模式呢？

因為乘慣了香港的地鐵，所以進入北京地鐵站時，心裏自然會把它和香港的地鐵作比較。剛看北京地鐵路線圖時，直接的感覺就是北京地鐵發展得很快，這方面香港沒得比，到現在香港的南港島線，完成日期還一再延後，給我的印象是香港政府一直以來的效率太差了，監督香港地鐵建設的能力成疑，無法和北京市政府比較。

進入北京地鐵，感覺燈光沒有香港地鐵明亮，而且不知是否建築物料的不同，還是甚麼原因，覺得香港地鐵總是很新，很乾淨，這裏就稍差一些，好像舊一些，髒一些。

北京的地鐵站裏是有廁所的，這好像是理所當然的事，但是在香港就不是了，香港早期建的地鐵站都沒有廁所，這是很不可理解的，是否當初設計的人以為，乘搭地鐵的人是不需要大小便的？直至最近建成的新站，如西環站等才有廁所。也就是說，他們終於醒悟到，設計地鐵站時，應該有「以人為本」的原則。北京地鐵站雖然有廁所，值得讚賞，但是北京的坐輪椅人士，好像沒有方便他們的電梯設備，這是美中不足之處。

講到廁所，順便提一提新感受，就是這次到北京上廁所，發現基本上都是保持得較乾淨衛生，一改過去的印象。一個深刻的印象是二零零零年那次到故宮參觀，尿急排隊上廁所，人龍排得好長，廁所門口一個婦人收款，大有一「婦」當關，無錢內急莫進來之勢！進到裏頭又髒又臭。當時心想，收款沒關係（照理門票應包括此項服務），致少要勤於保持清潔呀！今次到長城，上廁所既免費，清潔也還不錯，雖然和日本的廁所比較尚有較大的距離，但距香港的水準不遠了！香港再固步自封的話，連這一方面的小小優勢，也將不保了。

在北京搭了好多次地鐵，遇到過幾次乞丐，他們用錄音機播放音樂，在車廂中走過，可是我沒見到有人施捨給他們。在香港從來沒見過在地鐵範圍內有乞丐活動，也許那是違法的，地鐵職員會干涉吧？

我在北京搭地鐵，進了車廂後就不再往裏走了，就站在近門的地方。原因是我發現我往裏走，往往會有年青人給我讓座，我雖然確實在不知不覺間已經變成白髮蒼蒼一老翁，但我自己感覺還和以前差不多，還有力量，還靈活，沒有必要被讓座。而且我在香港搭巴士或地鐵，也極少有年青人給我讓座，因此還沒有養成被讓座的習慣。前幾年看過報導，說大陸有人好心扶起跌倒的老人，老人和家屬反而誣陷對方撞倒他，要求賠償。而法官竟說不是你撞倒他，你怎麼會這麼好心扶他，送他到醫院？也許法官不相信有雷鋒叔叔這一種人。但是這麼一來大家都「見死不救」了，當時我為國人的道德品質哀歎。但是後來我到深圳搭公共汽車，卻有人讓座，如今在北京地鐵也是這樣。我國的年青人，不是傳言中的那麼沒有品格和沒有素質的呀，至少比現在的香港年青人更懂得給老人讓座啊！

（六）胡同

北京的胡同，名氣噹噹響！當年香港的「北京遊旅行團」就有坐三輪車遊胡同的項目。

那一天午後，我們參觀了國子監和孔廟之後，信步在附近的胡同走走，後來從雍和宮大街走進五道營胡同，胡同兩邊的房子開設了許多小店，有相命館、香燭店、精品店等等，其中咖啡館特別多。我們想瞭解北京人接受咖啡文化的情況，便推門進一家店，卻只有幾個位置，太迷你型了，只好退出來。另一家原來只有酒吧式的座位，五個座位皆滿。再往前走，一家門面較寬的，進到裏頭看，有五、六張四個座位的小桌子，其中一張桌子有兩個年青人佔了，另一張小桌子，一個少女在打手提電腦，我們在那兩個青年旁邊的一張小桌的位子坐下，也許是老闆娘兼服務員的年青女孩子叫我們等一等，原來她在為那兩個青年做飲品，拿蛋糕等等。過一會才理會我們，我們叫了咖啡、蛋糕和甜餅，便坐下閒談。

這簡陋小店有WIFI可上網，那兩個青年都拿着智能手機在看，我的弟媳也接通了WIFI和在香港的女兒通WhatsApp，現在的人似乎都成了手機的奴隸了。那兩個青年，看樣子像大學生，或剛剛大學畢業不久的人，他們能悠閒地在此寂靜的小店享受下午的咖啡時光，我覺得他們好幸福。相比我們年青時，我們若像他們那樣，會被稱為資產階級思想濃厚，落後分子等等，我們必須做紅衛兵，必須上山下鄉……

這兩個青年，比我們晚出生，所以比我們幸福，他們可以堂而皇之地在小咖啡館裏享受悠閒。我覺得他們懂得享受咖啡，並不代表他們是不上進的，也不代表他們以後就不會對國家和社會有貢獻了。或許現在他們和我鄰桌共用咖啡，他日會是省長、部長或科學家等等有功于國家的人也說不定呢？

現在的人們能到咖啡小館休閒，表示市民的生活水準提高了。我們年青時代，天天喊「幹革命」，其實革命的真正目的，應該就是給人民好的生活水準。現在終於看到了。

（七）北京烤鴨

到北京那晚，侄兒帶我們去吃北京烤鴨。就在酒店附近的一家烤鴨店用膳，這家店號有許多分店，這裏是其中一家，古色古香的裝修，清靜的環境，坐下來已感覺舒適。烤鴨也不錯，又叫了薰黃魚、豆腐乾絲、宮保雞丁等等，都甚有水準。

閒談中侄兒問我這裏的烤鴨行嗎？我說可以的，不會比香港的北京菜館做得差。但是感覺上還是沒法和一九七一年我在全聚德老店吃的相比了。那時我在農村住了兩年左右，天天吃水煮芥菜，而油和肉類很少，大約一個月才會買些豬肉，因此人變得很饞，總是感到想吃東西。在這種情況下，忽然有機會到全聚德老店吃烤鴨，那感覺就是：這簡直就是天堂裏的食物啊！

那時吃法和現在不同：每個人包餐價五元，我們四個人去，一桌的餐價便是二十元，先來幾碟前菜，前菜主角是切成薄片的鴨掌、鴨肝、珍肝。單是前菜已把我肚裏的饞蟲全引出來了，更何況熱騰騰的片皮鴨，嚼在口中，只道自已在天堂，完全忘記還必須回農村耕田吃芥菜，最後連鴨架湯也喝得乾乾淨淨！

我侄兒聽我說完後，說那時的「饞」是其中一個原因，但是烤鴨本身也有所變化。我問怎麼變化？他說一九七一年時的烤鴨，應該沒那麼多人吃，他們從養鴨到烤鴨，完全照傳統方法，個個烤鴨都是精製的。現在吃的人多了，產量必須跟上去，就得改良方法，結果產量是上去了，但就不可能像以前那樣，保證隻隻都是精製品，所以味道也未必能保持當年那樣了。

我們都覺得講得似乎很有道理。

（八）敬老粥

那天我們在一個環境不錯的商場，走進一家裝修得體的西北菜餐館，服務員招呼我們六個人坐下，我們感覺太擠了一些，服務員馬上請我們進到較裏面一點的大桌子，那就舒服多了。雖說是西北菜，也有連骨都酥了能吃的那種炆魚，其他家常菜，可能是改良過了，我想大江南北的人都應吃得慣的。

我們在談天等上菜的時候，一個服務員在我的前面桌子上放下一碗黃澄澄的小米粥，我便問大家是誰定的粥，那服務員轉過身來對我說：「是給您的！」我正在詫異，我侄兒說，這是敬老粥，您在這裏年紀最大，特別敬您的。那服務員點頭說：「就是這個意思！」

我倒真是白髮蒼蒼一老翁了。這敬老，也是宣揚孝道，當然是好事，顧客也感到溫暖，是很人性化的行為，加上服務員的態度好，裝修舒適，菜也美味可口，他們的生意應該會越做越旺的。

這兩天到過幾家中檔的食店，覺得他們的管理也都很有水準，懂得顧客為先。似乎現在連中檔的食店，也用科學管理了。我國的服務業已有很大的進步，不再是像六、七十年代顧客要看服務員臉色的那種狀況了。

憶起過去的情況，見到目前的進步，想到這種變化，我的心情竟有些激動呢！

二零一五年七月十六日

北遊漫記

（一）萬里奔波尋白夜

小時候聽大人說，在世界上有個很神奇的地方，在那裏太陽是不落山的，當時我感到非常奇怪，並且想那就可以一直玩耍不必睡覺，多好啊。後來在學校裏知道了在南、北極地，夏天有一段時間太陽是不落山的，冬天有一段時間，太陽是不出現的，並且知道了原因。到八十年代時，有一部電影叫「白夜逃亡」，雖然沒有看過，但知道是講在西伯利亞極地逃亡的事。原來小時候聽到的，晚上還有太陽的情況，有個名稱，就叫「白夜」。

在丹麥哥本哈根，作者老伴和安徒生塑像留影。

為了小時候的好奇，心裏總是想去北歐極地看白夜，以前去旅行，為照顧老婆和孩子們的興趣，連南非都去過了，就是沒去北歐極地。但我始終惦念着白夜，所以今年我推掉了去「希臘看小白屋」的誘惑，堅持去北歐，並堅持到北冰洋邊看午夜太陽的行程，體驗白夜，看那不落山的太陽。我和老妻說服了弟弟和弟媳，並邀約了幾個親友共十一人參加了旅行團。那天凌晨約零時三十分，乘搭芬蘭航空班機，化了近十個小時，從香港直飛到芬蘭的首都赫爾辛基（Helsinki）。在機場等了約三個多小時，再坐芬蘭航空的內陸機向北飛了約一個半小時到伊瓦洛（Ivalo），在那裏的酒店餐廳吃了西式自助午餐，便坐旅遊巴士再向北駛，越過邊界線進入挪威，目的地是北歐最北的城市，馬格爾島上的康寧斯雲（Honningsvag），馬格爾島有海底隧道和北歐大陸相通。

到達酒店（Scandic Honningsvag Hotel），洗了澡，在酒店餐廳用了自助晚餐，休息了半小時左右，便啟程往北歐最盡處馬格爾島的北角（Nordkapp），時間是七月二十日晚上十一點半，是炎夏的深夜，這裏的天卻還是亮的，是真正的白夜啊！氣溫十度以下，風相當大，我顧着拍照，後來感覺到手指骨被冷風吹得都疼痛了，好勵害的炎夏寒風啊。

頻撲奔波約三十個小時，屁股都坐痛了，雙腳浮腫，感覺精疲力盡，還忍受了不美味的飛機餐、簡單的西式自助餐，就是為了此時此地，午夜時分，在歐洲最北端，看着午夜陽光，吹着夏天的寒風，望着北冰洋，滿足我小時的好奇，圓我體驗白夜之夢，了卻了幾十年的願望！值不值得呢？

太值得了！尤其是和十多位談得來的親友一起來體驗！

午夜十二點鐘時，雲層遮蔽了不落的太陽。導遊向我解釋，一年中沒有雲遮住午夜太陽的機會只有百分之三十而已。太陽落在近地平線上，並不往下沉了，又逐漸升起來，這便是午夜太陽的情景。可惜有雲，只見陽光不見太陽，只能借網路的照片來理解了。

（二）點點滴滴在心頭

在九十年代外出旅遊時，在外國的酒店、景點、餐廳等地，碰到的旅行團，往往是香港團居多，那時候根本碰不到國內出來的旅行團。事隔二十年，我們今次到北歐看不落的太陽和北歐四國的首都，行程中竟沒碰到其他的香港團，而見的最多的是來自國內的團。他們最普遍的行程，好像是德國、莫斯科和北歐四國：丹麥、挪威、瑞典和芬蘭。

從芬蘭的首都赫爾辛基（Helsinki）到瑞典的首都斯德哥爾摩（Stockholm），還有從挪威的首都奧斯陸（Oslo）到丹麥的首都哥本哈根（Copenhagen），都是乘郵輪。郵輪在波羅的海航行一個晚上，第二天早上九點半就可以登岸了，這都是很舒適的行程，船上的晚餐和早餐都是豐富的自助餐，在餐廳裏面就可以聽到熟悉的南腔北調的普通話，給我的感覺是，現在從中國走出來見世面的人，到處都是了。

回想當年我剛回國時的文革時代，我國是何等的封閉，視外國和海外關係如虎狼魔鬼。和現在比較，便看到中國的進步，不再鎖國，人民也有能力和自由走向全世界了！

那天清晨，我在甲板上看風景，一個七、八歲的小男孩跑到我旁邊，指着對岸，回頭對跟着走來的人，用北京腔普通話說：「媽媽，那是瑞典嗎？」他的媽媽回答：「是！」小男孩說：「終於到瑞典了！」我聽他的那句「終於」，好像他曾經盼星星盼月亮那樣地盼望到瑞典那樣。於是我笑着對他說：「怎麼是終於呢？」他媽媽向我解釋，他父親在瑞典工作了兩年，在家裏常常聽說「瑞典」，現在到瑞典了，所以說「終於」！

看着這小男孩，覺得他真幸福，這麼小年紀就能到歐洲旅遊。想當年我從印尼回中國，剛好碰上文化大革命，當時像他那樣的小孩，也許是紅小兵，他父親可能是被關進牛棚裏的「走資派」或被打成反革命的「牛鬼蛇神」。現在這小孩遲出世，所以幸福。

談到幸福，也是我想來看北歐四國的原因，據說他們是世界上幸福指數最高的幾個國家。我想看看，人們稱讚的接近共產主義的高福利國家，到底是怎樣的。我早聽說過，它們是已開發國家、福利國家、人勻收入高的國家，而且是廉潔指數排頭幾位的國家，一句話：

他們在收入、廉潔、道德等領域在世界上排名榜首。似乎他們和共產主義的理想生活很接近了，而且他們是不靠殺地主殺反革命而達到的，他們只是靠發展生產和民主而已。

四國的首都，留給我的印象，是覺得它們和東歐的城市差不多，都是幾層樓高的舊房子為主，雖說是舊房屋，但看起來是很堅固的磚石建築。這和我國目前的城市不同，我們的城市，到處是新建的高樓大廈，和文革時期的城市完全兩樣了。看來他們的發展主要在工農業生產上，不是在房地產上。當然他們只是幾百萬人口的國家，而我們是十三億人口的國家，我國人民的居住問題必須解決，所以我們發展房地產是無可厚非的，只是希望能多建普通老百姓買得起的樓房才好。

他們城市的房屋很樸實自然，連街上跑的汽車也是普通的多，名牌靚車不多見。看來他們的人勻高收入、高福利、廉潔等優點，並沒有特意表現在城市的建築等等外表上，他們好比是低調的，不擺闊的有錢人。據說這樣的有錢人，才是真正的有錢人。除此之外，我在瑞典的斯德哥爾摩見到有乞丐，後來在丹麥的哥本哈根也見到乞丐，既然福利高，為何還有乞丐呢？真有些不理解。不過現在北歐四國每年都接收一定數量的移民，同時他們是申根（神根）公約（Schengen Agreement）的成員國，目前已有二十四個成員國，它們之間取消了邊境檢查，二十四個國家的人民如同在一個國家內自由來往。因此懷疑是否是他國人在那裏行乞？

在挪威奧斯陸那天起得早，我到酒店外面拍了幾張照片，便到餐廳吃自助早餐。餐廳裏已有一批人在用餐，是中國遊客。我去拿咖啡時，前面有一個人在拿，我便排在他身後面，他盛滿了一杯，便移身到左邊，那是放各種Twinings茶包的地方，只見他放下咖啡杯，雙手齊出，每手抓了數包茶包，迅速地塞進外套袋裏，接着又作第二次出擊，又塞進外套袋裏，我在旁看得呆了，特地咳嗽了一聲，他回過頭來，是一個五十多歲的人，向着我擺個傻笑鬼臉，端起咖啡就走了。我急忙環顧四周，生怕給挪威侍應看到，這太丟我們中國人的臉了！

當時我想，他能來北歐旅遊，拿得出那麼多旅費，難道連那二十幾包的茶包都買不起嗎？看來不是的，他不是沒錢，是貪心，是沒道德。我不期然想起以前看過的一本書，是蔡瀾寫的，大意是說對酒店那些小肥皂、牙具、剃刀等小用品，他警惕自己不需要的就別帶走，怕培養出貪心的習慣。當時我想貪心原來也會是一種習慣，要時時警惕呀。是啊，我國在打擊貪腐的同時，我國人民也應養成不貪心的習慣，注重提高全民的道德品格才好。

這次到北歐四國走走，除了看到了不落山的太陽，吹到夏季的寒風，還見識了樸素的富國。更感受到我國人民是比幾十年前幸福和自由了，如今到處都可以見得到我國的旅遊者，這是多麼令人欣喜的事情啊！

二零一五年八月二十三日

他們就這樣站起來了

前言

邦加是印尼的一個盛產錫礦的島，有錫島的美稱。當年荷蘭殖民者雇佣中國「豬仔」（華工）開採錫礦，許多華工留在當地生根開花，因此該處有許多華人。

我的高祖父約在太平天國時代到了邦加島，到我父親時，遷到爪哇島的萬隆市居住。

* * * * * * * *

大約是一九六一年的時候，有一天放學回家，我見到三姑母、姑丈和他們的幾個孩子到我家裏來，他們是剛從邦加島過來的，暫時住在我們家裏。那時候邦加的經濟不景氣，姑丈的百貨店沒有生意，所以想遷到萬隆尋出路，他們在我家裏住了三個多月，找到適當的地方才搬出去。

三姑母是父親的姐姐，和他們一起遷過來的，其中三個女兒、兩個兒子，都已成年，另外一個兒子和一個女兒比我略小。他們一遷去新租來的房子，就馬上行動起來，分工合作，動手製造類似魚皮花生的花生加工產品。最初的產品不合格，包裹花生仁的木薯粉外皮太厚，顏色焦黃，幸好我的另一個姑母的兒子大華表哥出手幫忙，叫他手下的推銷員把這些劣貨推銷到萬隆附近的鄉鎮，才不至於血本無歸。不過沒多久，他們的製品已做得很成功了，香脆白淨，取名「漁家」，賣到雅加達，銷路很好！

他們成功地在萬隆站住腳了。

他們從我們家遷出去不久，又有姓湯的兩兄弟，也從邦加來到我們家裏暫住。他們叫我父親表叔，轉彎抹角算起來，他們和我們還有一點親戚關係。他們找到房子後也搬出去了，並馬上投入他們的謀生計畫中，不久他們帶了他們的產品，就是魚片（Krupuk ikan）給我們品嘗，將它們油炸了後，非常香脆可口。這是邦加人的拿手食品，在西爪哇、巨港等地，這是和泗水附近徐圖利祖（Sidoarjo）的著名蝦片齊名的。

有一天他們兄弟又來我家拜訪父親，當時我雖然還是小孩子，但因為和他們混熟了，所以也在一旁聽他們談話。父親問他們生意好不好，他們說銷路太小，主要是萬隆人還不識貨，只有邦加人才會買，拿到巴剎（市場）和商店，他們嫌太貴，因為是用馬交魚足料做的，價格再便宜也達不到市場的希望。父親說，不要用魚肉做，只用木薯粉，做最便宜的那種，只要成品拿去油炸時容易漲大，顏色漂亮，價格有競爭力，市場就很大，來個薄利多銷，也可賺錢的。確實，印尼菜大部分都會配蝦片吃的，這種便宜的，沒有魚蝦肉的魚片或蝦片（krupuk），需要量確實很大。他們聽了點頭稱是，歡喜地回去了。

那段時間，除了他們之外，我還看到和聽到很多從邦加來萬隆謀出路的人，有些做推銷員，有些做裁縫，有些做甜薄餅（Kue Terang bulan）賣，等等，他們融入各行各業之中。

幾年之後，時間已是一九六六年，我到中國求學去了，再過十年，我回到萬隆，見到我的三姑母他們，那時他們的「漁家」花生加工廠，已很具規模，他們買了房子，有汽車代步，日子過得很不錯！我也去拜訪湯姓兄弟，其弟弟卻已因病去世了，剩下哥哥獨自經營那沒有放魚肉的魚片廠，見到他時，發現他已非吳下阿蒙，不再是唯唯諾諾的瘦青年，而是戴着金絲眼鏡，微胖，講話慢條斯理的老闆，他的魚片廠是萬隆同行中的翹楚，市場佔有率數第一！

又過了好多年，有一次我到中爪哇梭羅市探親，當時我想買巴基斯坦式的牛肉薄餅（Martabak），親戚說有個邦加人做得挺不錯，我說邦加人做的是甜的薄餅（Kue Terang bulan），我要的是鹹的，親戚說他甜鹹都有，於是我跟他去看。

到了這邦加人的檔口，見有好多人排隊，看來他的薄餅生意做得很不錯。終於輪到我了，在等他煎餅時，我和他搭訕：「阿哥是從邦加來的嗎？」他答：「是！」我改用邦加的勿里洋客話試探：「是勿里洋麼？」他答：「是呀，阿哥也是勿里洋人？」我說：「是啊！」

透過煎鍋冒起的油煙，我望着這位滿臉油光的煎餅阿哥，心裏有些感觸，原來邦加人不單只遷到雅加達、萬隆等較近的地方，連中爪哇這麼遠都有他們的蹤跡啊。我彷彿又看到我的三姑母一家人、湯氏兄弟和許多六十年代初到萬隆謀生的邦加人，我親眼見過他們初來時戰戰兢兢、辛勤奮鬥的情形，現在他們都已經站穩腳步了，有些還做得蠻成功呢。我感覺他們真了不起，他們有點像野草，只要一接觸到泥土，馬上生根並茁壯成長。我深刻地感覺到他們有個共同點，就是勤勞肯幹吃得苦，也許這就是他們的優良品格和成功之道吧！

他們在離開邦加之後，憑這優良品格，大部分就這樣在外地站起來了。

二零一五年六月十九日

點點滴滴都是愛

老伴要去印尼探親，很不放心留我一個人在家裏怎麼解決三餐問題，我叫她放心去吧，想當初我們在農村做知青時，幾個知青輪流做飯，我都能做出像樣的飯菜給大家吃，何況現在又有許多速食店，價廉物美，怎會餓到我呢？

我煮了幾餐之後，覺得太麻煩和浪費時間了，而且沒有老伴煮得好吃，於是便到樓下商場的食店解決，吃了幾天，又覺得一天午晚兩餐要特地下去吃，也浪費好多時間。平日老伴煮好了，我飯來張口，真是又合口味，又好吃，還省時間。當時覺得這是理所當然的事，現在她去探親了，才感覺到這理所當然的事，是何等珍貴呀！怪不得俗話說，小別勝新婚。原

小時候的兩兄弟。

來這小別，你就會發現對方的好處，這些好處，平時是熟視無睹的「理所當然」，一給就給了四十多年，從無怨言……。這麼一想，覺得真應該好好地謝她才對呀！

就在我心裏感激老伴之時，手機鈴響了，心想莫非是心有靈犀一點通，她在這個時節打來了電話？急忙拿出手機看，原來是弟弟打來的。他剛從內地回來，上了機場快線列車，便和我聯繫，我說我現在是孤家寡人一個，老妻到印尼探親去了。他說那就明天晚餐和我一起吃飯，我說最好了，不用一個人吃悶飯。

第二天下午六時半，按約定弟弟駕車過來接我，連弟媳和侄女一行四人到太平山頂的西餐廳，邊談邊吃，好不快活。吃完回去時，弟弟把車駛到一家上海飯館附近，侄女下車到飯館拿剛才電話預定的食物，然後才送我回我住的屋苑。我下車和他們道別，卻見弟弟也下車，他從車窗接過侄女的手提塑膠袋，把它交給我，說裏面是我的早餐和午餐……

回到家裏，把塑膠袋裏的東西拿出來，有一個法國麵包，一塊橙色芝士（乳酪），一包黃色片裝芝士片，一包切成薄片的煙肉。這些都是我們兄弟從小就愛吃的東西。另有一盒盒飯，內有分隔，一邊是白飯，另一邊是兩隻「紅燒獅子頭」肉丸。原來剛才侄女到上海飯館，就是去拿這盒給我買的「紅燒獅子頭」飯。這時弟弟打電話來，說「獅子頭」裏的青菜明天隔夜就不要吃了，「獅子頭」是肉類應沒問題。我多謝他的關心，他說兄弟不必言謝。

我很感動他能記得我喜歡的食物，體會我一個人吃飯的麻煩，特地請我吃晚餐，給我準備明天的早餐和午餐，也就是盡能力減輕我的麻煩。知我者，唯吾弟也！想着剛才晚餐的愉快，看着桌子上的食品，心裏很是溫暖，不在於食物的價值，而在於他心中有一個哥哥，能理解哥哥的處境和感受。

說起我們兄弟倆，從小一起長大，相處六十多年，是親人中相處最多最久的人。小時候一起玩，他打架我押陣，預防對方以多欺少；回國念書，碰上文革，互相安慰和鼓勵，一起度過那不能理解的歲月；我下鄉插隊，那時農村貧困，沒甚麼好東西可吃，他特地買了臘腸和罐頭豬肉到鄉下探我，給我補充營養；剛到香港時的打工階段，月底沒錢用時互通有無；做生意時，他製造我銷售，貨緊俏時，他先滿足我的公司，貨滯銷時，我主力先推銷他的貨，減輕他的積存……如今我退休多時，已是白髮老翁，似乎已一無是處了，自忖何德何能，至今還享受着四十多年來老伴一直給我的「理所當然」的恩惠，還享受着弟弟對我細緻的關懷，還有孩子們對我的孝敬。孩子們知道媽媽到印尼，便常打電話來和我說話，乘冬至和耶誕節假期，請我到餐廳吃飯。平時感覺這些都是理所當然的事情，現在想深一層，這一切點點滴滴都是愛，都是親情呀！

感恩！我必須告訴他們，我真的很感謝他們啊

二零一六年三月七日

推輪椅的感觸

大年初一女兒打電話邀我們出外用膳，我老妻對她說，腳傷未好，不方便出門，等腳好了再說吧。女兒說，叫爸爸用輪椅推媽媽出來，媽媽困在家裏一個多月了，該出來走走，換下環境，心情會好的。於是約好時間，我用輪椅把老妻推到樓下停車場等女兒和女婿到來。

一個多月前，老妻和小孫兒散步時不小心摔了一跤，竟然就跌斷左小腿骨，當時她兩條小腿都瘀黑和腫脹，根本站不起來，唯有打九九九（香港的緊急求救電話號碼），救護車十分鐘左右就來到了，救護員把她送到醫院急診室，我也跟着救護車一起去了醫院。

急診室裏好多病人，平均十多二十分鐘就推進一個新病人，大部分是老年人，很多是因為發燒而來的。老妻躺在能推動的病床上等待，等了好一會，才有個醫生來看了一下，再等待，被推進X光室拍片，然後又是等待，終於醫生給結論說是左邊小腿脛骨斷裂，馬上安排住院。其後還是再等了好些時候，才被推去外科病房。在急診室約花了四、五鐘頭，足於證明香港公立醫院急診室是多麼繁忙的。

第二天就動手術，把斷裂的脛骨用金屬片釘上螺絲連接固定住。老妻說她的手術個案變成港大醫科系的課題，有許多學生在場學習，我笑說她也算是為香港教育事業作出了貢獻。住院五天就出院了，但醫生囑咐斷腳六個星期不可以踏地，所以行動要用輪椅。

說回我和老妻在停車場等女兒和女婿的事。我們沒等多久，他們的汽車就到了，我把輪椅推近車門，協助老妻坐進車裏，我忽然感覺這協助她坐進車裏的動作，是何等熟悉的啊。是的，在二十年前我就經常這樣協助我媽媽從輪椅坐進車廂裏，那時的好些事也跟着浮現在腦海裏，伴隨着當時的憂鬱感覺，充斥了我的胸懷。

女婿把輪椅收進車尾箱後，便把車子駛往香港島南區的數碼港，當我們到達那裏商場的一間上海菜飯館時，我的兒子和兒媳已先到達並拿了桌位，我們一家連小孫兒共七人在一起坐下，邊吃邊聊天，好生快活。當然這時的主角就是聰明可愛和調皮的小孫兒，大家逗着他說笑。談笑間，女兒忽然對我說：「爸爸，你是不是很累啊？」

「沒有啊！」

「看你不大出聲，」女兒接着說，「我以為這一個多月媽媽不能走路，你又做家務，又服侍媽媽，太辛苦了。」

「雖然有點累，但現在我精神很好，我只是有些心情鬱悶。」於是我把剛才協助老妻坐進車廂時，觸發我想起當年我母親生病的事，因而產生的憂鬱感情說出來。

我母親患的是柏金遜症，這可以說是一種老人病，她約在五十歲左右就開始出現症狀，起先只是動作慢了些，隨着病情逐步發展，肌肉越來越僵硬，十多年後，已發展成坐下和起來、走路、起床等等一切的動作都很困難，如果她自己吃飯，因為手顫，會撒到碟外，弄到滿地都是。我們帶她到樓下曬太陽，或外出去看醫生、去吃飯等等都必須用輪椅，每天大部分時間她只能坐在椅子上看電視，看到她身體的痛苦，精神的無聊苦悶，我心裏非常難過，卻無可奈何。這種情況持續了好多年，以致母親仙逝後，每當回想到這些，當年的痛苦還會充斥胸懷。

我女兒開解我，說祖母已經解脫了痛苦，叫我也該放下這痛苦了，叫我向前看。我說我明白，接着我們的話題便轉到其他方面去了。

這次老妻跌斷腳，平時家裏由她做的事，如買菜、燒飯等等家務，便自然須由我來做，

並且要推她到廁所，幫她拿水拿飯，以及幫她做她做不到的一些事，因此我就比平常忙得多了，也許我年紀大了的緣故，到現在一個多月了，開始感到有些疲勞。心裏不禁想起年青時，自己顧着工作，老妻一個人做所有的家務，服侍兩個小孩，輔導他們讀書等等，每天的工作量該比我現在一個多月來每天所做的還多呀！現在才一個多月，我已有些精疲力盡的感覺，她長年都這樣，不禁佩服她的耐勞和對家庭的付出。並且驚覺到，原來過去幾十年我能如此安心地在外搞事業，她在後面默默地付出是何其大的呀！

真感謝你，我的老妻！

二零一六年四月二日

我和我的祖國

在上世紀五十年代中期，我大約十歲的時候，我還在印尼生活。有一天放學後和幾個同學買涼粉冰吃，賣涼粉的小販和我們閒聊，他說剛才有個學生打破了盛涼粉的玻璃杯。我的同學問他，有沒有賠償？小販說小學生哪裏有錢？那同學又說，可以留下他的筆盒子，叫他明天帶錢來贖嘛！小販說沒有啊！突然小販收起笑容對我們說：「如果你們支那人是我的話，就肯定會沒收他的筆盒子了！你們支那人都是壞心腸的！」我聽了心裏很不是味道。心想，怎麼他會認為我們華人都是壞心腸的呢？

那時候印尼政府和社會上還沒有明顯地排華，但看來當地人對華人的誤解和偏見卻存在已久，以至一有風吹草動，一被人挑動，便會有排華騷亂。

不久之後政府發佈了排華法令，華僑被禁止在縣級以下地方做生意，強迫在那些地方的華僑遷移，於是產生了「難僑」，接着中國派船來接難僑回國。在萬隆市附近的芝馬墟（Cimahi）難僑集中地，還發生軍人開槍打死難僑的事件。華僑社會圈裏傳得沸沸揚揚，當時我雖然年紀小，卻是印象深刻。

社會上對華人也開始有不友善的行為，記得那時我上學，騎自行車經過一條街，那裏有許多大學寄宿生，見到我經過，便會沖着我大聲喊：「阿狗，回支那去！」阿狗是當地人對華人小男孩的稱呼。接着發展到用小石頭擲我，我只好繞道走。後來我居住的城市，發生破壞華人商店和住宅的騷亂（一九六三年五月三十日萬隆排華騷亂事件）。還有我們看的華文報紙也被政府封閉，等等。

這些種族歧視的事件和氣氛，不斷地提醒我，我是中國人，我的祖國是在遙遠的北方。縱使我在印尼出生，而且已是第五代華僑了，但是我還是中國人。後來我曾經想過，如果我在中國出生，沒有種族主義者提醒我是中國人，也許我的祖國意識不會那麼強烈吧？

那時我在華僑學校上學，讀中國歷史課時，知道自鴉片戰爭以來，我國受盡列強的欺負。不平等條約訂了一條又一條，總是割地、賠款、租界。尤其俄國吞併蠶食我國大片領土

（超過一百五十萬平方公里，相當於三個法國）。日本更對我國赤裸裸地侵略。讀這些歷史，心裏感到非常鬱悶。

那時代，新中國剛成立就敢和美國在朝鮮對抗，大大地振奮了廣大華僑的心。故此對新中國寄于強國的希望，有一種我們中國人終於站起來了的感覺。加上我們又受到北京電臺、人民畫報及學校老師等等的影響，我和我的同學們，甚至父母親和親戚們都很相信，新中國的社會主義社會，是人民當家作主的美好社會。也就是人人平等，互助友愛，到處都是雷鋒那樣的人。從人民畫報的豐收圖片，使我們確信人民豐衣足食。聽說超英趕美的口號，使我們認為我國已經發展起來。再回看自己身邊的資本主義社會，充滿排斥我們的種族歧視，自然巴不得趕快回到那美好的社會主義祖國。當時的理想，就是把自己的力量貢獻給這偉大祖國的建設和發展，也願意用自己的生命去保衛這母親般的祖國，去和一切膽敢侵略我國的敵人作戰！

印尼六五年政變之後，政府和社會上的排華行動都變本加厲了。於是在六六、六七年間，許多華僑學生選擇回祖國去，掀起回國浪潮。回想那時我領到回國的護照和簽證時的感覺，就是：美夢成真！終於可以離開歧視我們的地方，回到自己中國人的國家了。當時我們是何等的興奮啊，不，應說是狂喜，是孤兒就要回到母親懷抱的狂喜感覺！

於是就迫不及待地買了飛機票，飛到香港，經過羅湖橋步入祖國的懷抱！

後來呢？後來可就話長了。不過在這裏，就長話短說吧。

我回國時，碰巧是文化大革命開始不久。現在大家都知道，文革是「一場浩劫」。回國前的美麗憧憬和一切理想，碰上文革，很快就像肥皂泡那樣爆破了，接觸了當時殘酷的，甚至血淋淋的現實，現實和以前的想像和理想，相差實在太遠了。我和大部分的同學，都能調整自己，接受了現實，最後我們也和全國的學生一樣上山下鄉。

這一切，我和我的同學們都默默地接受了。但有一件事，卻使我們很不好受，令我們有思想負擔。我們從國外回來的人，有海外關係，是必然的，但是當時因為有這種海外關係，我們就被列為不可信任的人。參軍，稍微重要的崗位等等，便沒有我們的份。更嚴酷的是容易被誣陷為特嫌、特務等等。我們在國外受種族主義壓迫，像孤兒在外被人欺負一樣，當我們奔向祖國母親的懷抱，以為會得到母親的愛護，卻發現這個母親並不把自己當親生兒女看待，歧視我們有海外關係。我們逃避了種族歧視卻換來了政治歧視，碰到這種境遇，心情是何等的苦澀啊。

一九七一年，國務院有政策讓我們歸僑出國，我和好些歸僑先後離開了。雖然離開了，但是我們還是心繫祖國的。當聽到四人幫被捕了，我和我的同學們都非常興奮。確實，他們製造了多少冤假錯案，害得多少人家破人亡，把痛苦撒向人間。我們受到的「海外關係歧視」，也是他們及其極左思潮的產物。

我們一直關注着祖國的發展，現在看到我國人民生活提高，國力強大起來，習主席強力反貪……。我感覺到，從少年時代就有的強國夢，終於可以實現了。睡獅已醒，中華民族站起來了！雖然目前還有許多不盡人意的地方，但我相信我們的祖國，明日必定會更好！

二零一六年十月

熱愛祖國，回國去。服從分配，到農村去！後右一是作者，前右一是作者妻子

那餐午飯的感觸

不久前的一個星期天，兒子與兒媳邀我和老伴吃午飯，一行四人在長沙灣福榮街找到一家小餐廳。所謂小餐廳是座位不多，不到三十個座位，但做的法國菜卻是精緻而美味的。這是吃完後，我們一致的評論，用句俗話比喻，便是「廟小神靈大！」

我們坐下不久，陸續又來了些客人，看來都是定了位的。有個沒定位的年青人，老闆都沒法安排了。老闆也是年青人，胖胖的挺可愛，因為滿座，他要招呼客人，要端菜、添水，跑上跑下，忙得不亦樂乎。

我環視全場，我和老伴是在座客人中最大年紀的人了，就連我四十多歲的兒子兒媳，也算大年紀的人客。其他客人，大都是三十左右或者更年輕一些，看來現在的年青人都挺懂得享受，會享用這種精美的法國菜，和當年我們那一代人大不相同了。

在那年青的老闆給我們添加溫水時，我老伴問他這麼忙會不會累？他說不累，因為喜歡這工作。他挺健談，在稍閒時，和我們閒談。原來他喜歡烹調，為興趣特地去學廚，他是法國藍帶廚藝學院的畢業生。他還告訴我們，他們的餐廳，除了番茄汁和醬油，甚麼都是自己製作的。足以證明他對餐廳的經營是何等的投入啊！

我享用着美餐，覺得好味道來自新鮮質好的食材，再加上老闆親自調製的醬料。看着忙碌的他，心裏有些激動。不為吃到美食激動，而是看到他為他的興趣忙碌而激動。一個人的工作就是他的興趣所在的話，工作就變成享受，這是多麼幸福的事情啊！

於是便聯想起當年自己的工作。幾十年前初到香港時，為了一口飯吃，甚麼工作都願意幹，那時人浮於事，怎能奢望找到符合自己興趣的工作呢？

當時曾經因為發覺一個事實而非常震驚，那就是自己竟然是處於香港社會的最下層！其實那也不奇怪，因為文革我沒能升大學，沒學位，也沒一技之長，所以找到的工作自然是最累最少工資的那一類。為了改變這一現實，知道只有設法做生意才有可能改變。當我好不容易開始做一點小生意時，卻感覺自己不喜歡這種工作，尤其是必須奉承那些向我買貨的採購員，對生性木訥的我來説，實在是件苦差事。

幸好我沒半途而廢，自我強烈要求改變處境的心願，鞭策着自己，小小的生意終於有些起色，採購員們也開始喜歡木納而老實的我。自己終於也慢慢地喜歡上自己的工作了。

這一改變讓我既嘗到做不喜歡的工作的乏味和痛苦，也嘗到了做自己喜歡的工作的得心應手和開心！當我完全喜歡上做生意這件工作的時候，感覺就是非常快樂了。因此當我看見這位年青的老闆全情投入他的小餐廳，便體會到他的快樂和幸福，我為他的快樂而高興。我祝願他把餐廳做大，打響名堂，我相信他做得到！

吃餐午飯，嘗到美食，竟聯想了那麼多，還激動了好一會，這餐飯也真值得了！

二零一六年十二月二十二日

漫步夕陽下

告別了一連幾天悶人的毛毛雨天氣，今天終於迎來了明媚的陽光。下午時分，老伴說在家裏悶了幾天，邀我出去附近走走，活動一下筋骨，我正有此意，便穿上運動鞋出門去了。

出了門，陣陣微風吹來，有些寒意。趕緊走快幾步，走到陽光下，才感覺到溫暖一些。走不多遠，轉入一條一米多寬的田間小路，這是一條用三合土砌成的，穿過田野直達公路的捷徑。路左邊有一略高於路面的小塊土坡，坡上長滿青翠的野草；草叢中夾雜了一些花朵，是一簇簇聚生在一起的小型花朵，花朵雖小，色澤卻很美麗；還有幾棵頗高的樹木，枝葉生長得很茂盛。有兩隻淺藍色的小蝴蝶在花草間追逐飛舞。瞧見這些青翠自然景色，心情便輕鬆起來了。又聞到空氣中的青草味，便深深地吸了一口氣，啊！多麼清新的空氣。想起北方的博友們，紛紛在埋怨霧霾天氣，不禁覺得很幸運，可以在香港近郊呼吸如此清新的空氣。

再往前走，前面出現了一條小溪，我們走上小橋，望着約三米下面淙淙流過的溪水，溪水不深，清澈見底，有好些小魚在水中游弋。兩邊溪壁，長滿茂密旺盛的野草，連溪床中間也長滿野草，把溪流分隔成兩條水道，一邊是主水道，水流略急，另一邊水流緩慢，生長有好些小圓葉植物。老伴説是西洋菜。我留心觀察，確實是啊，長得很茂盛。

過了橋，小路右邊有好些村屋，現在的村屋，已不是舊時代農村那樣的茅屋或鋅板屋了。大部分是新建的三層洋樓，略舊的是兩層樓，一層的就屬於很老舊的了，所剩無幾。

小路左邊是田地，現在已沒人種水稻了，種菜的也很少。半荒廢的田地裏有一小片木薯樹，旁邊種有一些甘蔗，還有一些香蕉樹和芋頭。接着是一塊荒廢的土地，長滿了比人還高的蘆草，一隻不知名的小鳥從蘆草中驚飛而起，發出清脆的啼聲，停在遠處的籬笆上，東張西望。接着的一大塊地，種着百合花，每株都已長出幾朵花苞，看來剛好可供春節應市。另一塊地種了深紅色的劍蘭花，非常艷麗。接着的幾塊地都種花，形成好美的一大片花地，花地邊緣又是一條小溪，溪邊有一小塊狹長的地，種了一些蔬菜，使我聯想到年輕時代在農村插隊時，分到的一小塊用來解決吃菜用的小菜地。

小溪上有橋，橋上有個男人迎面走來，和我們打招呼，是個白種男人，是同村的鄰居。現在香港的交通發達，郊區農村搬進不少外國人和城裏遷來的人。想當初，四十多年前我剛移居香港時，香港的交通系統還很落後，那時從香港新界農村，要出市區去，是很費時間和不方便的。幾十年間，香港建築了四通八達的高速公路網，巴士公司提供行走高速公路的巴士線路，把城鄉聯繫起來；電器化火車和地鐵提供頻密的班次；還有許多綠色專線小巴，幾乎無處不到。如今要去香港每一個地方，都很方便快捷了。

我們和那外國人打過招呼後，也就走過橋去，來到屬於一個花園賣花的地方，已是公路邊了。近日快過年了，這裏擺滿了一盆盆長滿金黃色果實的過年橘子樹，還有各種花卉，以紫紅色蘭花最多。一排排的花像士兵列隊那樣擺在那裏，令人感覺到它們倍加美麗！

老伴本是惜花人，看到這麼多花就駐足欣賞起來，我在旁見她看花看得出神，腦海中驀地出現幾十年前她看花的畫面。那時剛和她談戀愛，我們到廣州過春節看花市，她便在蘭花檔前駐足良久，當年的她正是雙十年華，我感覺她比花美，比花嬌。也許老伴見我傻傻地望着她，便問我發甚麼呆。我說我想起當年事。她說幾十年了，現在是醜老太婆了！我說感覺還和以前一樣，還是覺得人比花嬌啊！她笑着叫我別胡說，走前一步牽了我的手，說聲走吧。我們便在溫暖的夕陽下繼續慢步向前走……

二零一七年二月

到林村參觀香港許願節

大年初三早上，兒子陪我到林村參觀香港許願節。那裏有拋寶牒上樹許願的習俗。過年時節，吸引許多人去燒香、許願及遊逛。記得我第一次聽說林村許願樹，是差不多二十年前的事了，那時在電視連續集裏，看到主角把寶牒擲上樹祈福，感到新奇。問小孩那是在甚麼地方？孩子回答說是在大埔林村。原來香港有這麼一個地方，有這樣的祈福習俗。後來應孩子們要求，帶他們去看看，也跟着大家擲寶牒。該電視集除了吸引我們去看之外，原來也吸引了許多其他的市民。時間越久，名聲越響。近年這裏增加了一些設施，每逢過年，就舉辦「香港許願節」，於是就更加人山人海了。過年放假那幾天，堵車自不必說了，還有人車爭路的現象，必須勞動員警派人維持交通秩序，此處儼然成了香港人過年遊樂的一個熱門地點。許願樹在「林村鄉公所路」的旁邊。人們到那裏的天后廟燒香，然後買了寶牒，把姓名、出生年月日及願望寫在寶牒上，再附上百解符、貴人指引及祿馬衣等，將其繫上重物，拋上樹許願。所繫的重物，最先是石塊，後改成柳丁，現在改成塑膠橙。

那天約十點鐘，我們沿林錦公路走到「林村鄉公所路」的路口，離路口十多公尺處有座牌坊，橫額寫着「林村」兩個大字，站在路口向着牌坊，右邊便有一棵許願樹。有些支架支撐着它。原來政府當局正在維護它，因為當年其樹幹被許多寶牒纏繞，不勝負荷，其中一條大樹幹曾倒塌，整棵樹瀕臨枯死。為了以挽救它，後來就禁止拋寶牒上樹，改用木架掛寶牒，現在又設立了塑膠樹代替真樹，讓信眾拋寶牒。當年林村的許願樹不止一棵，臨近的幾棵樹都有人拋寶牒，發生樹幹倒塌事件後，都不允許把寶牒拋到這些樹上了，其中有一棵，樹下邊築有保護矮牆，牆上有好些個香爐，信眾在那裏插香拜祭。

我們沿着「林村鄉公所路」向裏走，路兩邊搭了臨時攤檔，售賣林村產的蜂蜜、蔬菜等等，還有寶牒和香燭及其他商品。穿過熙來攘往的人群，往裏走了兩百米左右就到天后宮，見有許多信眾燒香。從天后宮走向道路右邊的許願大廣場，先經過情鎖園，這裏是讓情侶在特製的木鎖寫上愛情誓言或祈福文字，掛到紅繩上的。這也許是參照外地把真鎖頭鎖上鐵鏈欄杆上以示愛情堅貞如一的習俗吧。

許願大廣場搭有兩座有蓋的大棚，大的那座棚有籃球場那麼大，一邊是戲臺，戲臺下擺了好多吃飯的四方桌，看見許多遊客正在享用盆菜。另一邊是大型吹氣城堡滑梯，供小朋友玩樂。吹氣城堡滑梯兩邊有許多攤位，其中一邊攤位販賣的東西，和剛才進來時的道路兩邊的攤檔賣的相似，另一邊售賣小型精美的港式花牌。

另一座較小的棚裏是十二生肖的鑄像，圍成一個圓圈，今年是雞年，雞的鑄像便纏有紅布。在廣場上還有許願燈池，供遊客點燈許願祈福。另有一棵塑膠製的大許願樹，代替原先的真樹，好些人在興高采烈地拋寶牒。塑膠樹附近有許多小食攤檔，賣各種小吃，其中以賣烤肉串的檔口最多也最受歡迎，陣陣烤肉香喚起人們的食慾。在廣場周邊，停放着好多部花車，這是年初一尖沙咀花車巡遊之後，擺放在這裏供人參觀的，非常美麗。

我們用手機不斷拍照，拍夠了，打算回家，便向路口方向走去，發現遊客比剛才多了好多，很是擁擠，慢慢擠到路口，發現林錦公路上汽車排成長龍，警察指揮交通，讓人群過馬路。看來這十多年來，林村許願樹確已成功發展成為香港人過年時的熱門遊玩及參拜的地方之一了。

二零一七年三月二日

那夜的星光真燦爛

父親與女兒

在節日裏，老伴有句話總是會油然湧上我心頭：「那以後我們的結婚紀念日索性和孫兒的生日一起慶祝吧！」

記得那是幾年前的某一天，早上起床梳洗時就琢磨，今天該向哪間餐廳定位，好給老伴一個驚喜。那天是我們結婚的週年紀念日，四十多年來，我們都沒慶祝過這紀念日，心中甚感歉疚。退休之後，我就把這事放在心上，決定和她認真地慶祝一下，補償以前錯過的慶祝，順便表達我對她四十多年來任勞任怨地照顧這個家的謝意。

正當我緬懷這些舊事時，忽然電話鈴聲響起，接了電話，話筒裏傳來了女婿的聲音：

「爸爸，早安！小薇可能要生了！」

「啊！情況怎樣？」我有些緊張了。

其實快臨盆了，就送到醫院裏去，有甚麼好緊張的？如果是這樣，倒真的沒甚麼好緊張的。偏偏我這女兒，就是沒那麼簡單。早在她告訴我們懷孕時，我們就開始不安了，因為她告訴我們決定在家裏生小孩。雖然我和老伴當年在印尼也是在家裏出生的，但那時是四十年代，社會還非常落後，幾乎所有的人都在家裏生孩子。我們遷到香港後，所有的人，包括我的兩個孩子都是在醫院裏出生的，再沒聽說有誰在家裏生孩子的了，突然聽她說要在家裏生孩子，我們自然就擔心。沒醫生、沒護士、沒設備，豈不是很冒險？

我在我的女兒中學時代，就已感覺她的反叛精神和獨立思考能力很強。但真沒想到，連生孩子也會一反社會的習慣，不願在醫院裏生。她對我們說，生孩子是上天賦予婦女的神聖天職，本是極為自然的事。但是現在有些女人，還沒有做好準備就懷孕了。例如有些孕婦聽了許多諸如陣痛是十級痛，生產危險等等的危言聳聽，心裏恐懼。有些孕婦本身還有煩惱事未解決，或心理問題還沒有處理好。加上進入醫院這個陌生環境裏時，就更增加恐懼和緊張了。這些因素都會使生產困難，不得不用催產針、止痛針幫助，甚而剖腹生產。

她告訴我們，她要充分地體驗這神聖的天職，她要自然分娩。她會做好一切必要的身心準備。選擇在家裏生產，是因為家是最熟悉的地方，有最信任的丈夫和認識的助產士陪伴，她會覺得有安全感。她告訴我們，有一位叫HULDA的冰島籍助產士（接生婆），很有經驗，會幫她接生。她看我們還是很不放心，便強調說她會到瑪麗醫院掛號，做產前檢查，如果一切正常便在家裏生。如果發現胎位不正，或其他不正常情況便會在瑪麗醫院生產。

看她蠻有信心的。後來又看到她真的做足各種準備，包括游泳和步行等適合的運動，上了很多堂清理心理障礙的課，等等。我們稍覺放心，但現在真的臨盆了，我還是不由自主地為她緊張。女婿繼續告訴我情況：「凌晨開始陣痛，現在每五分鐘就痛一次。已和助產士聯繫過了。助產士說小薇是第一胎，不會太快生的。到時她會駕車來，會很快到的。」女婿叫我放心。放下電話，把情況告訴老伴，我們兩個都坐立不安了。

老伴想去女兒家裏，但我勸止了她，因為我們已和他們有共識，小薇生產時，有助產士和女婿就可以了，其他人不必在場，減少小薇的精神壓力。

老伴看我坐立不安，就說急也沒用，還是下去晨運吧。於是我們就下樓到海邊的晨運道快步走，美麗的海景我都視若無睹了。老伴開解我說，我們的母親各生了幾個孩子，都在家裏生的，想來也不必太擔心小薇的。我知道她在安慰我，其實她自己比我還要擔心呢，她慌亂到連平時晨運用的遮陽帽和墨鏡都忘記帶了。

在這我們心神不安的時段，小薇的情況到底怎樣呢？事後讀她的記錄是這樣寫的：

早上七時多，陣痛已頻密至五分鐘一次，但尚算輕微，通知了Hulda之後，我便再去睡。當我睡到十點多醒來，陣痛已變得劇烈。吃早餐時，每幾分鐘就要跪在地上，雙手和頭伏在椅上，才能舒緩陣痛。老公告訴我Hulda已出發來我們家了。我趁還可以活動，洗了個熱水澡。記得在淋浴和吹乾頭髮的時候，也是每幾分鐘跪在地上大喊的。」

原來她在經歷、體驗女人生產前陣痛的過程。

約十點半鐘，女婿打電話來，說助產士Hulda快到了，小薇的陣痛已經很頻密了。聽說助產士快來了，我們倆的心就較安定了，因為她是有經驗的人，能指導小薇怎麼做。我知道再急也沒用，便強迫自己安下心來，心中一直為女兒祝禱平安順利。事後她寫的記錄，可以瞭解一些她在其後幾個鐘頭的經歷。我摘錄一些作參考。如下：

「……洗完澡，陣痛已十分頻密，也愈加強烈。接下來的時間，我只知道自己不斷在床上瘋狂的翻滾着，期間，知道Hulda到達，但已無法留意她在做甚麼，大概是準備接生的工具吧。我只顧在睡床上繼續滾動和咆哮，每次陣痛來臨，我都一邊大叫，一邊爬着、側身、跪着、瑟縮着，不停轉換姿勢，滾來滾去，從床頭滾到床尾，再滾到地上跪着，又滾回床上，像極個瘋婦。

……（省略）……

Hulda提示着我以深層呼吸帶領每一次陣痛，很快，子宮頸已開到十度（筆者注：全開了），她表示我可以慢慢把孩子推出。推的過程，我轉換了好幾個姿勢……（省略）……她提議我以一個坐直的姿勢再推，靠地心吸力幫助推孩子出來。於是我在睡床上，背部依着老公的身體，他雙手扶着我，我半蹲半坐在他大腿上，再推。果然，一推，Hulda說已看到寶寶的頭髮了，……Hulda輕拉我的手去碰孩子的頭頂，我摸到孩子的頭了！

再隨着兩次陣痛而推了幾下，我便聽到孩子的哭聲，接着，Hulda便把孩子抱到我的手上！……」

上面是我們事後才聽說的經過。我們那時是焦急地等着電話，感覺時間走得特別慢。終於等到女婿的電話了，說一切順利，是男孩。我們一聽，鬆了一口氣，放下心來。女婿又說Hulda介紹的婦科醫生會來給小薇縫針，因為生產過程中會陰自然撕裂了一點。接着又叫正在我們家裏回避的女傭回去幫忙收拾「產房」。

過了一會，老伴急着想去看孫子，便打電話到他們家裏，看醫生給小薇縫針做好了沒有。誰知道家裏沒人接聽，打他們的手機也不接聽，我們不由得焦急起來了，擔心會出甚麼意外。於是便馬上趕去他們的家，家裏只有傭人在收拾和清潔，傭人說她來到時，家裏已沒有人了。我們感到納悶和不安，便不斷地撥他們的電話。約半個鐘頭之後，才接通了女婿的電話，原來原本要來給小薇縫針的醫生，忽然有任務不能離開醫院，女婿只好馬上帶小薇和嬰孩一起去醫院找那醫生。現在醫生已經給小薇縫好針，正坐的士回來。在醫院時女婿關掉了手機的鈴聲，害得我們擔心了好一陣子。

等了一會，終於他們開門進來了，女婿抱着小嬰孩，把他交給老伴，我輕輕地擁抱了女兒一下，退開一步端詳她，她一臉疲憊，面色蒼白，我感覺到她像一個頑強的戰士，剛剛從劇烈戰鬥中勝利回來，我抓住她的雙手，在情不自禁中已經熱淚盈眶。

我端詳着這個讓我們兩老擔心了幾個月，今天又使我們緊張了一整天，但是卻是初見面的小孫子。我覺得他很像我的兒子初出世時的模樣，是個漂亮的小子。看到他，一切的擔心和緊張都值得了。我叫女兒先休息，女兒卻忙着給小孫子餵奶，我們坐了一會，天色已暗下來了，我囑咐他們早些休息，便和老伴回家去了。

緊張了一整天，感覺到很疲乏，從停車場出來，我卻還不想回家，邀老伴到屋苑的晨運道散步。那裏已有不少人在散步，道邊有一些長者閒聊，有一些小孩玩耍喧嘩，還有幾對情侶靠着海邊的鐵欄杆在喁喁私語。

我們慢步向前走，我問老伴今天是甚麼日子?老伴說是我們升級變成公公和婆婆的日子。我說不止這樣，還是我們簽結婚證書的週年紀念日。老伴楞了一下，驚喜地說，怎麼這麼巧？我說是的，真的很巧啊！我又告訴她，本來我計畫好今晚和她到太平山頂的餐廳慶祝結婚紀念日的。沒想到外孫的出世打亂了計畫。老伴說外孫的到來，就是給我們最好的慶祝了！我表示贊同。但是我想向老伴表達我對她的歉意和感謝的目的，卻還沒達到。於是我對她說：「太平山頂的餐廳很有浪漫情調，我們去那裏慶祝一下。」

「老夫老妻的，慶甚麼祝呀，以前都沒慶祝過。」

「以前是以前，現在退休了，應該補償嘛。」

「不用了吧！」

我鄭重其事地說：「我們結婚時連喜糖也沒派，你忘記了嗎？還有幾十年來，我們都沒慶祝過結婚紀念日！」

「那是形勢所逼，文革，又在山村插隊，前途茫茫的，哪裏有心情派喜糖。來到香港，最先是沒錢，後來就是忙，久了就沒想過要慶祝了，我沒有怪你呀！」

「就是你不怪我，我更覺得不安，心裏——」我停頓了一下，說：「心裏很感謝你……」

「兩公婆感謝甚麼，怎麼客氣起來？」

「不，一定要說，平常說不出口，現在說出來了，我就要跟你講！」我吸了一口氣，繼續說，「謝謝你給我煮了幾十年飯……」

「唉呀，我以為你講甚麼。」老伴打斷我的話，「這是應該的嘛。」

「讓我先說完。最感謝的，是在我一窮二白時跟了我，也從來沒嫌過我窮。還有，你總是相信我有能力達成目標，這樣對我是很大的鼓勵呀。」

把憋在心裏好久，想說又怕肉麻說不出的話吐出來，我感到輕鬆了。忽然又想到了一句：「你使我的自信增強，所以能有一些成績。真的感謝你！」

老伴握住我的手，我們倚着欄杆依偎着看海，她小聲地說：「我也感謝你！」停頓了一下，她繼續說，「那以後的結婚紀念日索性和孫兒的生日一起慶祝吧！」

「好啊！」

一艘巨型貨櫃輪從前面海峽慢慢駛過，巨輪過後，望見對岸烏朦朦的陸地，燈火雖然不能和尖沙咀相比，也還算漂亮。平時沒留意，原來南丫島的燈火，從這裏望過去，也算是一道美景。再望高一些，天空中的繁星，和島上的燈火相呼應……

啊，今夜的星光真燦爛！

二零一七年三月七日

我的大玩具

大概是兩年前的一天，我剛進家門，老伴就對我說：「你的女兒為你那部車哭了！」

「啊！怎麼回事？我不是叫她賣掉嗎？」我說。

「就是你叫她賣掉，她說捨不得，說着就哭了！」

「那我打電話給她！」

於是我按了幾次女兒的電話號碼，她都沒接聽，只好留言叫她回電給我。我真不明白，我那部用了十多年的老爺車，有甚麼捨不得的！那車本來是我的自用車，退休前天天駕駛它上班，有時接送外地來的生意上的朋友。後來退休了，我愛看書，少出門，就把它冷落在我

小孫和車合影

家屋苑的停車場裏。偶然出門，發現香港的公共汽車（巴士）和地鐵四通八達，搭這些公共運輸不必考慮在哪裏泊車的問題，十分方便，於是就更少駕車出門了。

幾年前女婿考到了駕駛證，想買車。我對他說，他剛拿到證，技術還須磨練，駕新車若碰撞刮花就可惜了。現在我很少用車，雖然我的是老爺車，但是外形還漂亮，機器還正常可用，就先拿去當練習車吧，於是他就把車拿去用了。

大約一年之後，我的車前後左右都有好些傷痕，但換來了女婿的熟練駕駛技術，非常值得。有天女兒對我說，他們想買新車。因為我的車汽缸大，很費油，每月汽油差不多要兩千元。而且車體大，在車位略窄的停車場就很難泊車。所以想買一部日本的柴油車，較小型的，省油和容易進停車場的。我聽了表示贊成，並叫他們幫我把車賣掉。

他們買了一輛實用的日本車，但我那部車卻停在車場裏不處理，我催他們，他們說慢慢來。後來我發覺行車證快到期了，再不賣掉就要付新的一年的行車證費用，約須付七、八千元。我又不需要用車了，何必付這筆款呢？於是我把行車證到期日期告訴他們，叫他們抓緊幫我賣掉，於是便有老伴說女兒為賣我的車子掉淚的事。

女兒終於回電話了。她說：「爸爸真的不用車了嗎？」

我說：「退休之後就少用了，現在根本就不需要了。地鐵、巴士和小巴非常方便。」

「我聽爸爸說過唯一的嗜好是駕駛，現在怎麼不駕了？」

「以前是很喜歡駕車，現在駕了幾十年，沒駕車癮了。」

「爸爸這部車外型還是很漂亮，機器也還可以，又是你最喜愛的『賓士（Mercedes-Benz）』，賣掉不可惜嗎？我從小坐你的車，我都覺得可惜呀。」

「現在不需要了，又是老爺車，有甚麼可惜的。」

「但是我聽你說過，從小你就渴望買『賓士』，你還說過汽車是你的大玩具，怎麼你現在說不可惜呢？我都覺得捨不得呢！」女兒說着竟又啜泣起來。

原來她一直拖着不處理這部車，其實是為我着想，照顧我當年的駕車嗜好，怕我捨不得我的「大玩具」。我感覺到她的孝順，心裏暖暖的。只是實際上，她是多慮了，我早已把這一切都「放下」了，看來我必須和她解釋清楚。

於是我把我和汽車的故事講給她聽。小時候我家裏有一輛「快意（Fiat）」牌小汽車，雖然是很老很舊了的車子，而且經常拋錨，但卻使我從小就瞭解汽車，並對汽車產生興趣。那時我的姨丈有一輛很新的黑色的「賓士180」，現在來說180是小型的「賓士」了，可是當時在印尼，卻顯得很威風。望着他那部美麗的新「賓士180」，我就想，長大後我也要買「賓士」。也許這就是我喜歡「賓士」的原因或心結吧。

我十八歲拿了駕車執照，對駕駛興趣正在濃厚時就回國去，就沒得駕車了。後來遷到香港居住，馬上就去考駕駛執照，等到我發覺有能力分期付款供車時，馬上就供了一輛日本車，滿足青少年時愛駕車的慾望。到八十年代末，發覺自己供得起「賓士」時，心裏確實很想換一部「賓士」，滿足小時候的心願。但心裏又擔心自己太奢侈，便壓下自己的慾望。那時內地改革開放，我幫內地一些公司和鄉鎮企業把產品推銷出去。因此我便經常要接待內地來的幹部和企業的有關人員，為接送方便，確實需要一部體面的汽車，於是為公為私，我終於就買了我的第一部「賓士」。後來幾年換一次車，都因為我的心結和公司需要，總是選擇「賓士」。退休後，最後一輛「賓士」因為少用所以沒換了，退休十多年，汽車也變成十多年的老爺車了。老爺車，賣掉有甚麼可惜呢？

至於我小時候的「賓士」心結，我用「賓士」都用了二十多年，甚麼「心結」也早已被滿足了。

當然，還有一個最重要的原因，就是這幾年來，我接觸佛教理論，明白世間事物，沒有永恆，一切最終都須放下，所以沒有必要執着。甚麼心結、愛好等等，也是這樣，明白這道理，便覺得放下完全不是問題。

我把我的「汽車心結」反復解釋之後，女兒似乎明白了。但最後她還問我一句：是不是真的能放下？我說她應該感覺到我心情非常平靜，就知道我已把甚麼愛好和心結都放下了！

女婿終於幫我處理了我的汽車，但女兒還是捨不得我用了幾十年的車牌號碼，到運輸署辦理保留號碼手續。因為她知道我喜歡這號碼，我曾對她說，這號碼DS3579象徵一路向上，不斷奮鬥。我明白她的孝心，我雖已放下，她還年青，現在還放不下，就由她吧，到一定時候，遲早也會放下的。

二零一七年八月十九日

女兒在車旁留影

從「城市之光」到「巴比龍」

「我十七歲以後，一定要天天看電影！」每當回憶起小時候曾經有過的這個念頭時，當時那種強烈渴望看電影的心情，還會在我心中蕩漾。

小時候我在印尼生活，那是個連電視機都還沒有的時代，缺乏娛樂的環境，使看電影變成人們的主要的娛樂。記得那時父母親每隔一段時間，就會到市區的戲院看電影，我們小孩子非常羡慕他們。那時印尼的電影實行三級管制制度，即小童可觀，十三歲以上及十七歲以上可觀。大部分電影是十七歲以上才可以看的，小童可觀的非常少，故此自然非常渴望自己快快長大，好去看十七歲以上的電影，以至有上面講的那個傻念頭。偶然有小童可觀的電影，我們真的就樂瘋了。記得最喜歡的是查理•卓別林（Sir Charles Spencer "Charlie" Chaplin）的默片，只是那時候年紀太小，只知好看、好笑，其實連甚麼片名也不知道。後來長大了才知道卓別林有「城市之光」、「摩登時代」等代表作。

除此之外，還在腦海中留下一點記憶的，有石慧和童星黎小田主演的香港片「小鴿子姑娘」，以及幾部中國電影，如「邊寨烽火」、「上甘嶺」、「五朵金花」等等。至於當年曾轟動一時的「賓虛（BENHUR）」、蘇聯片「仙鶴飛翔」等等，都是因為不夠十七歲，很想看而沒得看。

等到我真的十七歲了，反倒很少看電影，一方面功課忙，另一方面看電影的狂熱已冷卻不少。而十九歲時，我就離開印尼，來到文化大革命中的中國。文革中可以上演的電影，沒多少部，所以那幾年也沒看幾部電影。但是每部片都重複看過好多遍。印象最深的有蘇聯的「列寧在十月」，還有就是阿爾巴尼亞的幾部片，其中有一部好像叫「地下游擊隊」，另外有幾部國產片，如「地道戰」、「地雷戰」、「南征北戰」，等等。

也許那時精神生活太枯燥的緣故吧，它們都變成了百看不厭的電影。下鄉插隊落戶之後，偶爾有電影隊下鄉給農民放電影，雖然是露天放映，沒有座位，需自帶小板凳，或者站着看，而且都是看過好多次的老片，我還是感覺很高興的。

來到香港之初，一到假日，便常和現在的老伴，當時新婚的妻子去觀賞電影。主要是香港和臺灣的國語片，例如「江山美人」、「彩雲飛」、「明日天涯」、「窗外」、「半斤八兩」等等。最喜歡看的是鄧光榮和甄珍主演的愛情片，以及許冠文兄弟和吳耀漢的笑片。這些影片，拿當時我們剛離開的文革中的中國大陸的標準來說，顯然是「資產階級的毒草」，但對我來說，正好放鬆緊張的精神，是工作之餘最好的休息。

後來我自己創業之後，逐漸忙碌起來，便沒甚麼時間看電影了，慢慢地對看電影的興趣也淡下來了，所以現在回憶起自己看過的電影，實在不多，印象也都不深，唯獨有一部片卻使我念念不忘，當年觀看時已非常感動，其後的幾十年也還時常想起它的一些情節。它就是「巴比龍（Papillon）」，又譯作「惡魔島」。是講發生在南美洲法屬圭亞那的逃獄故事。

「巴比龍」的主角是綽號巴比龍的亨利•查理爾（Henri Charriere），他自稱是盜竊犯而被人誣告殺人，被判終身苦役。他一心要逃獄，從法國遣送到法屬圭亞那監獄不久，巴比龍就安排了越獄計畫。但為了救他的名叫德加的朋友，他被逼忽然提早越獄時間，結果被抓回去了，並被關進在只有五步寬的禁閉牢房。當禁閉期滿被送回普通牢房時，已被折磨到須用擔架抬回。雖然如此，巴比龍並沒有放棄越獄企圖，不久他又準備了第二次越獄計畫。

第二次越獄雖然逃得較遠，但被一個修女告發，最後還是被警察抓回去了。他又被囚禁在禁閉牢房，幾年後放出來時，已被折磨到身體虛弱，頭髮都變白了。這次可不是放回普通牢房，而是被放逐到惡魔島上。惡魔島因潮水和鯊魚的緣故，沒法游出去，所以被稱為無法逃走的地方。在島上讓囚犯自由耕種，養豬等，讓他們自生自滅。和外面的聯繫只靠定期的汽船，守衛會帶一些種子等必須物品給他們。

巴比龍在島上碰見了德加，德加已建立起他的家園，種了南瓜、胡蘿蔔等作物，還養了一些豬。似乎他已安於現狀，把精神放在照料他養的豬和菜園上面。島上其他囚犯也像德加一樣，對逃出惡魔島已不抱任何希望。但是巴比龍不受他們的影響，還是堅決要逃走，他研究潮水情況，在一處懸崖把椰子拋入海中，發現巨浪和潮水能把椰子帶出外海。經過拋下裝着椰子的大袋的試驗，巴比龍準備行動了。德加勸他不要冒險，德加說他此舉可能會喪命，巴比龍點頭說也許吧，但還是堅持要繼續，他們擁抱之後，巴比龍把裝滿椰子的大袋拋下懸崖，接着縱身跳下去。在巨浪中，巴比龍游向裝滿椰子的大袋，爬上去，趴在上面，巨浪和潮水終於把他送出大海。

銀幕打出字，說明巴比龍終於獲得自由，自由地過其餘生。這是根據真事寫的故事，真事是他漂流到委內瑞拉，被囚禁了一年，釋放後獲准入籍委內瑞拉，過自由的生活。

我曾經想過，為何當年看「巴比龍」時，我會如此感動？並且這幾十年來，經常會想起它呢？我認為最重要的，是和當年我的自身處境有關。那時我剛遷居香港不久，發現自己處在香港的經濟最低層，可說是一無所有。沒有工作經驗、沒有學位、沒有技術、沒有本錢，沒有好的人際關係。當時有的僅是力氣和年輕，及渴求改變這種境況的強烈心願。

看「巴比龍」時，我就感覺到巴比龍身上閃爍着一種精神，他擁有非常堅定的逃獄心，對逃獄他是屢敗屢試、不屈不撓、百折不回的。在大家都說除了用汽艇外，是沒辦法離開惡魔島的，他還堅持觀察，研究海浪海潮，終於找到逃亡的方法，最終獲得成功。他的這種精神震撼了我的心，並和我產生了強烈的共鳴。當時處於差劣境況的我，需要的不就是這種精神麼？我想巴比龍的這種精神，當時就已默默地潛藏於我心深處，在我後來創業過程中，不斷地推動我向前，向前，再向前！因此，我總是忘不了「巴比龍」！

我看過的電影雖然不多，但我終於明白了：好的電影，對人能起巨大的影響！多謝「巴比龍」！

二零一七年十月五日

懷念故友

我們這一輩子，可以有很多朋友，但說到知己，恐怕不會很多。

我有一位從小學直到高中畢業都同班，並且是一起玩，一起被老師罰，一起做功課的同學。畢業後不久，我回國去了，他留在印尼，那時我經常會想起他，心裏一直認定他是自己的知己。

如此一別，要過了二十多年才有機會再見面，當然我們都很高興，談到小時候的趣事，哈哈大笑，十分快樂！接觸了幾天之後，話題轉到其他方面，竟奇妙地變成「話不投機半句多」了。從性格、世界觀、價值觀念、政治觀點等等方面，我們變得相距太遠了……。我忽然想起魯迅形容和潤土重逢之後，寫的那段文字：「我們之間已經隔了一層可悲的厚障壁了。」

就這樣，我心中認定的知己，就蛻變為普通朋友了。

高中時代，有一位具有男孩性格的女同學，我把她當成兄弟看待，也算得上無所不談的知交吧。別離後十多年，再見面時，因各有家庭了，已不能再如學生時代那樣無所顧忌了，因此漸漸地，知己的色彩也褪了。

哎，知己真難求哇！

終於，我還是有一位真正的知己。

他名叫陳和豪，高中時代我們同校，我知道有這麼一個人，但不算認識。回國後，在集美僑校碰巧被編在同一個班級裏，接着下鄉時，又同在一個生產隊，被編在同一間房間住，於是就熟絡起來了。接下來的兩年多最難挨的日子，就是和他一起過的。

田間勞動，對城市長大的我們，當然不算是輕鬆的工作。但那時我們還年輕，熱血還在沸騰，所以難不倒我們。甚至他曾經響應號召，去參加建築「龍坎鐵路」，這可是強體力勞動呀，他還可以拿到「標兵」的榮譽呢！足見體力勞動，雖說是辛苦，卻難不倒我們。最難挨的是甚麼呢？是前路渺茫。到底我們在農村要呆幾年呢？沒有人能回答我們。你硬要答案，就是：「一輩子吧！」前途茫茫，這就是最磨人心的事呀。

在這完全沒有盼頭的日子裏，處在幾乎完全沒有娛樂的農村中，苦中取樂的方法，就是每天天黑之後，點起煤油燈，在微弱的燈光下，和村中的農民兄弟下象棋。白天耕作午休時，躺在稻草堆上，望着天上飄過的白雲，思想跑野馬，幻想坐在白雲上，飄向自由的世界……。有心情時，我們倆就你一句「炮二平五」，我一句「馬八進七」，下起盲棋來。盲棋，就是不用真的棋盤，棋盤在各自的腦海中，別人看不見，但各自非常清楚，並且我們從來沒有記錯過。象棋就是我們暫時忘卻身心疲勞和痛苦的良藥。

我們的友誼，就是在此落後的山村中，在苦難中，在互相扶持中，建立起來的。在兩年多的一起勞動及生活中，我們之間沒發生過齟齬，究其原因，應是互相體諒與包容的緣故。他為人隨和，樂於助人，不會眼紅嫉妒，有正義感，有原則性。因此我們成了知心朋友。

後來有幸離開農村，我留在香港，他回印尼去了。約十多年後才有機會重逢，當然相見甚歡，奇怪的是，別離這麼久了，還「臭味相投」，竟能迴避了魯迅與潤土的「厚障壁」，也許這是因為我們雖然身處兩地，卻有類似的經歷的緣故吧？當時，在找到了各自的落腳點之後，我們都差不多是白手起家，幾經艱辛才獲得一些成績的。因此經歷、經驗和話題等等都很融洽。於是過去的友情得予延續，成為一輩子的知己了……

一個多月前，我接到一個電話告訴我，陳和豪去世了！我一聽驚呆了！前幾個月他剛來香港，怎麼突然就去世了呢？

我真的毫無思想準備！

這會是真的嗎——？

我的知己你怎麼啦？

嗚呼！共患難的知己，就這樣子走了嗎！？

嗚呼！我的心，痛啊……

唉！世事無常，世事無常啊！

……

而今我能為執友陳和豪做的，惟有祝願他在另一個世界一切安好！

二零一二年七月十三日

父親和我

六月的第三個星期天，是香港和世界上許多地方的父親節。

談起父親節，便會想起父親的一些往事。有一次我帶他去覆診，他因為生病疲倦，需要把手搭在我肩膀上以維持平衡，避免摔倒。我們要走到樓下停車場，途中我不自覺地走得快了一些，他懊惱地叫我走慢些。我放慢腳步，回頭對他笑着說：「好的，我走慢一點，爸爸抓穩了，我慢慢走，爸慢慢跟。」他竟感歎說我好脾氣，他埋怨自己太暴躁了。其實那時我知道他得了肝病，據説肝病的人特別煩躁，所以我特別能諒解他。

父親那場病很使我們意外，他一向身體健壯，就如他的小名「阿牛」一樣，真是身壯如牛的。那次的病，卻竟要住院治療，那是他的人生中第一次入院，醫生診斷是肝炎，沒想到的是，三個多月後竟治療無效去世了。當時我好長一段時間接受不了這個事實，總感覺父親還在，不是真的去世一樣。

父親離開我們已有三十多年了。親戚們說起父親，總是豎起姆指說父親愛親戚，肯幫助親友，就是脾氣暴躁了一點。他怎樣幫親友，我沒聽他自己說過。依我親眼所見，從我小時候起，我們家總是不斷地有客人來暫住，那時我們住在印尼萬隆市，這些來客都是從父親出生地邦加勿里洋來的親友。有來玩的，有來讀書的，有來謀職的，後來有些人從邦加舉家遷來萬隆，也在我家暫住，直到找到居所為止。我讀歷史課時，讀到戰國時代的孟嘗君，說他招納賓客，有數千人之多。那時我就想過，父親雖沒那麼多賓客，但也收留了不少親友，我感覺他就像孟嘗君那樣。

至於他們評論有關父親脾氣有點暴躁的事，在我的印象中，他既沒有嚴厲責罵過我們，也沒有打過我們。對我們可說是很慈祥的，還給我們講故事，和我們下棋，晚飯後和我們散步，等等。怎麼說他暴躁呢？我想，說暴躁應該是說父親的直脾氣，有甚麼就直說，容不得奸狡之徒的兩面三刀，對那種人來說，也許真的會感覺到父親的暴躁吧？

當年我初到香港之時，心中想創業，但是在沒有資金、經驗和人脈的惡劣條件下，自己有時會信心不足。那時我想起父親，想起當年他也不容易，但是他百折不撓，便感覺有一種力量，鼓勵自己不要放棄。

父親創業的不容易，我是印象深刻的。小時候在家中的倉庫裏，我見過一些厚紙片，將紙片折疊起來可以做成小紙盒，我問媽媽那些是甚麼，媽媽說是裝牙籤的包裝盒。原來父親在日寇佔領南洋期間，曾請工人削木成牙籤，包裝後賣出；還有在家裏的後院，有一個相當大的廢棄不用了的石磨，媽媽告訴我，在日本佔領時期，父親曾用它磨黃豆做豆腐賣；另外，我還有個模糊的印象，就是家裏的後院有許多三輪車。我懂事後問大人，原來父親經營過三輪車，把三輪車租賃給車夫們；後來又見過他製造過頭髮臘和頭髮油；開過炸魚皮花生及威化餅的工廠；還開過鞋店，等等。這些事業都是從無到有，其中需有很大的衝勁和創造力才能成事。自問我自己，真沒有父親這麼大的創造力。

就是父親助人為樂的的孟嘗君精神，我也遠不如他。

在人生的道路上，當我面臨大難題時，身心疲憊和信心不足時，或當我對援助親友有些厭倦時，我會感覺好像需要把手搭在父親的肩上以維持平衡，避免摔倒。例如一九九七年的金融風暴期間，我在外頭的待收賬款，有三分之一以上變成有問題的滯賬，對我來說，那是巨大的損失。而我欠人的貨款，卻必須想辦法還清。在此難關，我感覺好像父親回過頭來對我說：「抓穩我的肩膀，別摔倒。我慢慢走，你慢慢跟。」這裏「別摔倒」的意思，除了是指事業外，更重要的是指做人的信用和道德。

就這樣跌跌撞撞地，我好像搭着父親的肩膀，在不知不覺中，已走近古稀之年而幸運沒有摔倒。

想到這些我非常感激和懷念親愛的父親。

二零一六年六月十七日

1950年父、母、姐姐與我

大華表哥

老華僑就是這樣，這一生不論遭遇過甚麼事情，熱愛祖國的紅心卻始終不變！

在我年紀很小的時候，約莫是上世紀五十年代初，我的一個大姑媽，常常到我們家裏來看望我們，她來的時候，總是帶着一個紙袋，裏面裝着五、六個圓形的小麵包，是有些甜味的那種。那個時代社會不富裕，我們基本上沒甚麼零食，大姑媽一來就有這額外的零食，小孩子們自然非常高興，沒想到，六十多年了，居然還記得！

那時大姑媽剛從邦加島遷到我們居住的西爪哇萬隆市，是她的大兒子接她過來的，她的大兒子名叫大華，也就是我的表兄弟，卻比我大二十多歲，他在萬隆市開了一個炒咖啡豆再磨成咖啡粉的工廠，兼製造麵包批發給商店，大姑媽拿給我們的麵包，就是大華哥廠裏做的。

大華哥先是單槍匹馬來到萬隆打天下的，有些基礎之後，便把他的母親、妻子和年紀還小的女兒和兩個兒子，從邦加接到萬隆來。在我的朦朧記憶中，曾跟母親去大姑媽家裏，在那裏看到兩個長相相似的小男孩，一個由大姑媽抱着，在哭；另一個坐在地下，也在哭。那就是大華哥的孩子，後來成為我小時候的玩伴。

大華哥一家團聚了，說明大華哥從邦加島搬到萬隆，已經站穩腳步了，所以能把全家接到萬隆來。不但如此，大華哥隨後也把他的幾個弟妹都接到萬隆來，他們都在萬隆的華僑中學念書，後來都回國去了。

在我年紀大了之後，回想起這件事，覺得大華哥是長兄代父責，把弟妹們帶大，供他們讀書，送他們回國，說得上是一個盡責的大哥！

一九六零年的時候，大華哥除了把弟妹們送回祖國之外，也把母親、大女兒、三個兒子，都送回祖國去了。那時候他的大女兒才十一歲左右，送回國去的最小兒子才七歲。一個祖母，帶着幾個未成年的小孫兒，回去幾千公里外的祖國，此一壯舉，不是大華哥對祖國的絕對信任，怎可能出現呢？

大華哥把這麼一大批人送回國去，船票和他們帶回國的那幾個圓柱型巨大藤籃，以及藤籃裏面的肥皂、白糖、斜紋布等等的生活物品，可要花去不少錢的！可見他這十多年在萬隆的奮鬥，是很有成績的。這一點倒是可以肯定，我從小到十九歲回國為止，十多年和大華哥接觸中，就感覺到他賺錢的頭腦很靈活。很早的時候，見他有兩三輛美國吉普車，後來聽父親說，那應該是軍用退役的車子，大華哥用便宜的拍賣價買下來，叫一個老師傅修理及翻新，車子就變成好車子了，賣價當然是好車子的價格，賣出去就有利潤了。

有一次他買進幾卡車的麵乾，寄放在我們家後園的大倉庫裏。後來麵粉起價，麵乾也跟着起價，他把麵乾賣了，又賺了，這件事奇就奇在他能預測麵粉會起價。還有一次，他把好幾十個「中國馬達」，暫放在我們家裏，然後慢慢賣掉。我問他哪裏買的馬達，他說貨是「斯碧（speed）洋行」的，洋行想要快些脱手，就全部便宜賣給他。

這樣的賺錢門路，大華哥一直都有。而這還不是他的主業，他把主業咖啡粉和麵包廠賣出去，然後開了一間頗具規模餅乾廠。這還不止，又和朋友合股另外開一間餅乾廠，年年有得分紅。

看着大華哥如此靈活地做生意，心裏自然非常佩服他。但真正使我崇敬他的，卻另有其他的事。

我國自鴉片戰爭以來，飽受列強欺負，廣大海外華僑把富國強兵的希望寄託在當時剛成立的新中國身上，加上學校裏的宣傳，我們都變得非常熱愛新中國。在這一點上，從大華哥的平時的言談中，我覺得和他是志同道合的。六零年時，他把母親和四個兒女以及弟弟妹妹們送回大陸去，就是以行動說明他對祖國的信任和熱愛！

除此之外，由於對新中國的熱愛，自然就對領導和建立新中國的共產黨有強烈的認同感，共產黨當時是強調國際主義，以及解放一切被壓迫的人民為號召的，所以我們連帶也同情和支持印尼共產黨，當時印尼共產黨如日中天，聲勢強大。在和大華哥接觸中，我感覺到大華哥和他住那一區的印尼共產黨人有來往，至少在經濟上支持他們，所以對大華哥，就添加了崇拜的成分。

當時我們的感情就是那麼純樸，心裏有的就是一股愛國和因愛國而衍生的為被壓迫人民服務的熱誠。

不久之後，印尼發生政變，殘酷地清洗共產黨人和同情者。封閉華僑學校，逮捕僑領。有個住在外埠的同鄉，跑到我家裏避難，大華哥就掩護他到雅加達，避過了大屠殺。

當時印尼華僑掀起回國浪潮，我也回國去了，大華哥在我回國後不久，把妻子和四個兒女全送回國來，在印尼留下他獨自一人。

我回到祖國後，在福建的一個華僑農場找到大華哥的大女兒和大兒子。當初一九六零年回國時，我的大姑媽帶着幾個孫兒被分配到這個華僑農場，而大華哥的妹妹被分配到上海念書，畢業後也分配在上海工作，她就申請她媽媽，也就是我的大姑媽遷到上海，那時國家有照顧華僑的政策，大姑媽可以帶兩個較小的孫子一起去。於是大華哥的大女兒和大兒子就只好繼續留在農場。遷到上海的，條件當然不錯，留在農場的，只有十五、六歲，自然就較淒涼一些。

大華哥叫妻子帶着小孩回國，應該是為安全着想，是在當時印尼白色恐怖下的一種應變措施。大華嫂帶着四個小孩到了廣州，有關部門要分配她們到英德農場，但她在福建農場的孩子和其他親戚反對她們去，她帶回來的孩子，大的才十一歲，小的只有三歲，到農場去未免太辛苦了。結果幾經辛苦爭取，大華哥又匯款到廣州買了房子，才被批准落戶廣州。這是非常幸運的事，那時候是在文化大革命中，所有優待華僑的政策已經不能執行，華僑還背上「海外關係」的原罪，除了不被信任，不被重用之外，有些還因此遭殃！不過這是另一回事，在此按下不表。

世事如棋局局新，七十年代，我和大華哥的家屬都先後遷來香港生活。起先大華哥是非常反對他的孩子到香港的，叫他們相信祖國，堅守崗位，為祖國貢獻力量。他的孩子們說服他，甚至他的一個在抗日戰爭時期回國參加抗戰，立過功的朋友對他說，讓華僑出國、到香港，也是中央的政策，在文化大革命的形勢下，華僑能出國去也不是壞事，在外面一樣可以為祖國貢獻力量的……

這樣，他才不再反對。過了好多年之後，大華哥也遷到香港和家人團聚。

在香港時，有好長一段時間，大家忙着事業和工作，較少聯絡了。直到最近，大家退休了，才多些聯繫。有一次在同鄉會的國慶聯歡聚會上碰見大華哥，他八十多歲了，樣子倒不算老，我走到他身邊和他打招呼，他點點頭，他兒子在旁邊問他，這是誰呀？認得嗎？他搖搖頭。他兒子又說，他是某某呀！記得嗎？他又搖搖頭。啊！大華哥不記得我了，當年這麼熟悉的人，竟然不記得我了！他兒子告訴我，大華哥幾年前中風之後，記憶力逐漸減退……

這時聯歡會的樂隊奏起「歌唱祖國」的雄壯音樂，大家跟着唱……歌唱我們親愛的祖國……，我看見大華哥在座位上挪正坐姿，挺起胸膛，嘴巴在動，他也跟着大家一起唱！

這就是我的大華哥，他可以忘記以前非常熟悉的人，但是一聽到：歌唱我們偉大的祖國，竟能挺胸跟着唱！

祖國，在他心中始終是份量最重的啊！

老華僑就是這樣，這一生不論遭遇過甚麼事情，熱愛祖國的紅心卻始終不變！

二零一三年十二月十三日

同學會裏的神奇婆婆

以往聽説某人九十多歲了，腦海裏便浮現出滿臉皺紋，或坐在輪椅上，或佝僂龍鍾，至少拄着拐杖，顫顫巍巍地走路，一幅衰弱老人的形象。總之，我覺得九十多歲是非常老的人了。但是自從見到了我們同學會裏年紀最大的前輩陳老師之後，從她的外貌、身形、動作等各方面，都顛覆了我的這種觀念。她雖然九十多歲了，但給我的感覺，和比她年輕二十多歲的我們，各方面都可説沒多大差別。

同學會每週一次的集體舞練習，她幾乎都參加，可説到了風雨無阻的地步。其他活動也不落後，她自告奮勇地為同學會定期到郵局看郵箱有沒有信件，同學會的理事説她年紀大了，不叫她去，她說她沒事做，也沒有同齡的老朋友可以聊天打發時間，需要找些事來活動身體，在家裏就專門替家人到郵局拿掛號信、買郵票等等。她還說她天天帶狗去遛街，從家裏出門，有段斜坡路，遛狗時上下斜坡，有些運動量。加上她喜愛天天出門，到街上、商店走走，所以運動量足夠。她說看手機記錄，每天步行都超過壹萬兩千步呢。

同學會組織的旅遊，她也積極參加。有一次我們到沖繩旅遊，在去懸崖海岸景點時，她步履輕盈地走在最前面，海風吹得較猛，也較涼，我們見她穿得單薄，怕她着涼，一位團友把外套給她披上，她卻堅決地拒絕。她說冷一點沒問題，穿太多衣服，身體抵抗力就會弱了，我們真拿她沒辦法。想起平日，似乎她確實比我們更不怕冷，原來這是她有意識地少穿衣服來培養身體的抵抗力。

記得另一次到九寨溝旅遊時，在一處景點步行上石級，她剛好走在我前面，我看她手裏提着有些沉重的雜物袋子，想到她年紀大，想減輕她的負擔，幫她提一陣，沒想到她說甚麼也不給我幫，堅持自己帶。一個熟悉她的同學對我說，陳老師是非常獨立的，只有她幫人帶，不會要別人幫她帶的。並說她女兒有這樣獨立的媽媽，不必操心，真的很幸福。

吃飯時，見她吃得不比我少，也不避忌梅菜扣肉等油膩菜，於是我問她，膽固醇會不會超標？她的回答真叫我們感到意外，她說她從來不查這些，想吃就吃，這年紀了還怕甚麼！

追問之下，她不像我們大部分人，天天要吃降血壓、降血糖、降脂等藥物，也從來不吃維他命等補益藥。旁邊一位同學問她，她女兒不強迫她去體檢嗎？她說有，但她就是不去。

還有，在她面前，我們都不敢提到「老」字。有一次有個朋友問我每天有吃甚麼藥嗎？我說我這麼老的人，當然吃很多藥，降血壓藥甚麼的，沒等我說完，她在旁就插嘴對我說，不要說自己老，要相信自己甚麼都還行。並說我老能老得過她嗎！我感覺她真是個不可思議的前輩。我們這一代人，大都是六十年代回國的，她大我們這麼多，不知會是甚麼時候回國的呢？於是在一次聚餐時，我特地坐她的旁邊，問她甚麼時候回國的？

她說：「一九四八年。」「一九四八？」我說：「那時新中國還沒成立，中國還在戰亂，您為甚麼會回國？」

「應該和你們一樣，你們肯定是熱愛祖國才回國的，我們那時也是熱血青年呀！那時在印尼的華校唸書，有幾個老師常跟我們講國內形勢，我們在期盼着一個真正為人民的政權。說真的，我們那時真是熱血沸騰啊……」

我終於明白陳老師和早期回國的學生們回國的動機了，於是我問她回國的途徑。

她說：「我先到香港。在香港和朋友住在一所學校的宿舍，慢慢認識了一些人，終於有人組織我們乘輪船北上，表面上目的地是廈門，實際目的地卻是天津，那時廈門還沒解放，天津已經解放了。」

「原來您回國的道路比我們更艱難！也很曲折啊。」

「到了天津碼頭，很多人來歡迎我們，敲鑼打鼓的。第二天看報才知道，原來同船的人有民主人士、名人，他們都是重量級人物，我們屬於愛國華僑學生。」

「後來您是繼續升學吧？」

「沒有，我參軍。退伍後到唐山市的工廠」

「嘩，那時能參軍！您是華僑，有海外關係，也給您參軍？」

「給！那時沒問題，很重視我們的。」她呷了口茶，繼續説：「甚麼海外關係，歧視歸僑，是到後來才感覺到的，尤其是文革時期就更厲害了。」

和前輩陳老師的交談中，瞭解了她那時回國的情形。原來和我們文革時期回國的情況完全不同，那時我們感覺因為有「海外關係」而不被信任，而她的感覺卻是被信任和被重用的。這一點上她是很幸福的，也是很幸運的。

在同學會裏，能認識這位前輩陳老師，我的感覺也是很幸運的。因為她的經歷，行為，現況等等，讓我感覺是很特殊的，甚而可説是神奇的。她的獨立性格，對生活的熱誠，自信而不認老，對一切看得開，她的勤勞等等優良品格，值得我們學習，讓我們看到該怎麼過好我們的夕陽時光。

二零一八年四月十一日

暗戀

近日整理雜物，找出一本「畢業告別紀念冊」。翻開來看，都是高三畢業班的同學，在冊子裏寫上鼓勵的臨別贈言，並貼上他們的照片。在較後的其中一頁，貼着一張梳着兩條辮子的女孩的照片，瓜子臉，微笑成心形的唇，樣子很可愛，但是沒有留下片言隻字，她是我喜歡過的一個同學，名叫曉蘭。

於是五十多年前的一些往事，浮現在眼前……

升上初中一年級時，班裏多了好幾個外校轉過來的學生，其中一個便是曉蘭。她的成績特別好，常被老師誇獎，也許是崇拜英雄的心理吧，我覺得我喜歡上她了。上課時常轉過頭去偷望她，偶然和她的視線相對時，趕緊扭回頭來，心中便有一陣驚喜，心兒也撲通撲通地狂跳。

因為滿腦子都是她的音容笑貌，她的兩條小辮子，好像總是在我的眼前晃動。於是上課的時候，老師講些甚麼，我常常都不知道了。

我雖然喜歡她，卻不敢和她説話，看見班裏的調皮男生戲弄她，和她談笑風生，心裏非常羨慕，卻就是鼓不起勇氣和她講話。但是我對她的瞭解逐漸多了，知道她的家在哪裏，因為放學回家時，我騎單車（腳踏車）偷偷跟在她的後面。禮拜天或假期，我經常騎單車從她家前面來回經過，希望能看到她。她家前面有很大的花園，常看到女傭人在掃樹葉，澆花樹。終於有一天看到她和兩個女同學坐在屋前的騎樓談天，我在街對面的大樹後面偷偷地看着她們，心裏非常的愉快。可惜這種機會不多，但是我一有空閒就總是騎單車徘徊在她的家前的街道上，去碰機會。

學期中期考試時，我發現我的成績已經夠資格使我留級了，若留級我就不再和她同班，她也會看不起我這個成績差的留級生。我覺得絕不能再這樣下去了，於是我注意聽課，並且從頭再複習已教過的課文，好在我姐比我大兩班，有不懂得的，姐姐也願意教我。我又發現曉蘭愛看課外書，諸如《苦菜花》、《青春之歌》之類，我姐姐就是專門看這些書的，於是我也看起這些書來了，後來我看上癮了，一本又一本，比她看的還多。

初一年級結束時，我不必留級，而且很意外，作文成績有很大的進步，被老師點名表揚呢。

升上初二了，我還是愛偷偷看她，也還會騎單車徘徊在她家前面的路上，但我的成績比以前更好了，我的作文還有幾次和她的一起被貼在壁報上表揚，看見自己的作文和她的並排釘在壁報上，心裏非常高興。

初三開學時，我非常失落，發現她不在班上了，向她的好朋友打聽，說她因為搬家，所以搬到靠近新家的學校，那是××公會（同鄉會）主辦的大型中學，她父親是公會其中一個董事。難怪那天我在她家前面見到面生的人進出她的家，原來她搬走了。

終於初三畢業了，我的母校只辦到初中，高中必須轉學校。新學期在新學校，當我進班裏時，發現曉蘭在教室裏，我們又同班了，當她的視線和我對碰的時候，我看她愣了一下，馬上綻露出笑容，走前和我握手。我覺得她比以前矮了，以前她高度約到我的耳朵，現在只到肩膀了。她說我長高了。

還像以前一樣，我喜歡偷偷地看她，我感覺她比以前更漂亮了。不過我敢向她借課外小說了，也把姐姐的小說借給她。想起來也真奇怪，我和其他女同學，能談笑風生，面對她時，卻總是手足無措，變成木訥的笨蛋，所以我寧可偷偷地看她，看着她，我心裏就舒服。

初中時她在班上的成績都是名列前茅的，到了高中時代，她的成績還是很好，只是競爭對手多了，但是也在前五名之內。高二時我僥倖拿了第三名，她對我說，她的總平均分只差我零點零八分，所以她只拿到第四名，她說她知道我想超越她，追趕了好幾年，我成功了也為我高興，明年再較量。

高三過得特別快，還有幾個月就要畢業了，班裏同學們都買了精美的硬皮紀念冊，請同學寫臨別贈言和貼上照片，我的紀念冊差不多寫滿了，但一直沒敢拿給她寫，她也沒拿給我寫，直到畢業典禮那天，我在教室裏坐着，她走過來，把她的紀念冊放在我桌面上，叫我寫幾句話，又向我要了我的紀念冊，她忽然彎下身體在我耳邊說，畢業典禮完了後，別先走，要還給我紀念冊。

好不容易等到典禮完畢，我藉故支走了平時和我一起回家的同學，等大部分人走了之後，我回到教室，她已經在裏面了。我們換回了自己的紀念冊，我翻開來看，見到她的照片貼在裏面，但沒有寫贈言。這時她讀出我寫的臨別贈言：

「你的出現使我的成績大大地進步。多謝！」

「你怎麼不給我寫贈言？」我問。

「我現在直接說給你聽。」

「說吧」

「你喜歡我嗎？」

「……」沒想到她這麼問我，我感到臉發熱，不知怎麼回答。

「我知道你喜歡我！」她倒好像很平靜，「初中時候你常常在我家前面經過，我就已經知道。」

聽她這麼說，好像自己的秘密給人揭穿了一樣，我感到連耳朵都發熱了。

「我也喜歡你！」她忽然冒出了這句，停頓了一下，又說，「但是我們是不會有結果的！」

「為甚麼？」

「因為你是客家人，我爸媽對客家人有很深的成見，常說，以後找女婿一定要找回我們同鄉人，他們不會接受你的。」說完，她走前一步，伸出手和我握別，我還沒能完全理解她所說的這一切，她已退到教室門口，說：「再見了，祝你以後找到比我更出色的女孩子，但是你對喜歡的人要大膽一點。」說完轉身走了。

不久印尼排華，我回國去了，二十年後我回去參加我們班的同學聚會，我看不到她，同學說她嫁到雅加達，很少回來參加同學的聚會。

畢業五十週年紀念時，我和太太特地回印尼參加，太太想見曉蘭，因為我告訴她有關我和曉蘭的故事，並告訴她，她和曉蘭有些相像而且是同鄉人。我太太也說過，如果在印尼，她肯定不能嫁給我，我們回國了，山高皇帝遠，父母管不了，才能嫁給我。可惜曉蘭沒有出席這次聚會，我問搞聚會的負責同學，他說聯絡不上。

自高中畢業典禮那天分別之後，整整五十年沒見過她了，不知她怎麼樣呢？

回想當年社會還很保守，客家人和福清人通婚的還比較少。不像現在不那麼重視這方面的分別，這把無情棒，打散了不少鴛鴦。

二零一五年七月十四日

莫待無花空折枝

丘國良把信封上的地址又檢查了一遍，才把它塞進郵筒裏。這封信是他再三鼓勵自己之後，才下定決心投寄的。他不敢猜想李雯思收到他的這封信會作甚麼反應，但卻是他為爭取自己的夢想而做的重要舉動！

一九六六年回祖國升學前，丘國良和李雯思是印尼一所華僑學校高中的同班同學，又是一起負責班上的壁報出版工作，李雯思會畫圖畫，排的版位很美觀；丘國良書寫的版頭毛筆字蒼勁有力，寫的文章通順引人。兩人配合得極好，接觸的機會也非常多，丘國良心裏早就喜歡她了。每當望見她好像充滿好奇的眼睛，聽見她溫柔的說話聲，他便有種甜甜的感覺。

但是學校裏的「讀書時代不可以談戀愛」的潛規則，加上當時的保守風氣，使他把這喜歡的感覺封得密密的，以至畢業的時候，也不敢向她表露心跡。

不久後因政治原因，華僑界掀起回國浪潮，他們也先後回國去了，他是在她動身以後才知道的，等到他追到廣州時，她已被分配到福建廈門集美僑校，而那時集美方面已容納不了更多的學生，所以他沒法申請到集美去了。

當時國內正在搞文化大革命，他們和國內的學生一樣，都沒法再上學了，都先後被下放到農村，被稱作「知識青年」，簡稱「知青」。李雯思到閩西的農村安家落戶；丘國良隨廣州華僑學生接待站的同學到海南島的軍墾農場。

到了軍墾農場丘國良才明白，必須凌晨起床割橡膠，天寒地凍的冬天，要下水田……。在城市長大的他，開始時確實感到相當辛苦，慢慢地才適應過來。工作雖然辛苦，但農場有固定工資和保證足夠口糧，這就比下到農村插入生產隊的學生強得多了。他有個妹妹分配到濟南，下放到山東的農村，農村是「按勞取酬」的，每天工作就記工分，不同工種不同人的工分都有不同，在城市長大的學生的勞動能力，當然不能和農村長大的農民相比，所以同一工種的工分，知青的工分會比較少一些，這也是合理的。只是這樣一來，秋收後結算，由工分折算出來的錢，連拿去繳付分到的口糧的糧款都不夠，更嚴峻的是分配到的口糧不足於維持到下次收割。

為了生活有保障，於是丘國良的妹妹就以親兄妹的關係為理由，成功地申請調到丘國良的農場去了。這件事喚起丘國良內心的希望，因為李雯思所在的山區農村，情況不比他妹妹在山東的農村強，所以他寫了前面講到的那封信，邀請李雯思投親到他的農場，以獲得有保障的固定工資和口糧。最有力的申請理由就是用未婚夫妻的關係，這是一箭雙雕的事，無形中就向李雯思求婚了，這是他一直想向她表白而總是鼓不起勇氣的一件大事！其實他魁梧英俊，口才不錯，寫得一手好書法，文章也做得挺好，又會拉手風琴，許多女孩子圍着他轉，可是他卻一個心思全放在李雯思身上，最不可思議的是，平時風流倜儻的他，一到李雯思面前就變得循規蹈矩，謹小慎微的君子，甚至一直不敢表露自己的情意。當時兩人雖有通信，卻從沒講過半句情話。如今在這封信裏，他終於衝破了這一關，心裏如釋重負，既高興又忐忑不安，雖然李雯思在平日的來信裏，從沒有説過她戀愛了或有了對象，使他較為放心；但同樣也沒有一丁點兒對他好感的暗示，這就令他沒十足把握：到底李雯思會不會接受他呢？

在信裏面，他告訴李雯思，過幾天他將啟程到福州，請她回信到福州他表哥的家裏轉交給他，若她同意，他就到閩西她插隊落戶的山村找她，協助她辦理調遷手續。

丘國良到福州七天了，每天按表哥寫的搭車指示到處玩，可是一點玩的心情也沒有，心裏擔憂着李雯思的決定，該來的回信卻總是不來，心裏越來越急，他的表哥見他焦躁不安，便給他分析，說會不會寄失了呢？他認為多半不會，因為這兩年來和她通信，從來沒有寄失過。他表哥又問道：「她是一個大大咧咧，有甚麼說甚麼的人呢，還是比較怕羞的人？」

「她比較文靜。」

「那就是了，」表哥說，「一個文靜的姑娘，要她寫信說願意跟你，恐怕她說不出口。她只能不出聲，不回信，對嗎？」

「對呀！有道理。哎呀，我怎麼沒想到這一層呢？」

「如果她不願跟你，她肯定馬上寫信阻止你去她那裏，免得尷尬。所以現在沒有回信，就是好事！」

「那我明天就去她那裏。」

「別急，再等三天，預防郵件延誤。」

這三天對丘國良來說，簡直度日如年，第四天一早就搭長途車到漳州，還要轉兩次車，所以翌日下午才到李雯思所在的生產隊。一個農民把他領到知青的廚房，剛好有個知青在廚房裏生火準備蒸飯，見到丘國良，知道他要找李雯思，就熱情地請他坐下，倒杯水給他喝。

「李雯思到外地去了，」知青說，「今晚你就在這裏住下，要明天早上才有公共汽車。」

「她去哪裏呢？」他以為李雯思到福州找他，不禁心中暗喜。

「她和她的朋友去廣州。」

「廣州？」他有些失望了，「甚麼時候去的？」

「快一個月了吧，」知青說，「她朋友的媽媽回國觀光，他們就去接她，好像說他們會陪他媽媽一起去上海、北京那些地方旅行參觀。雯思還是第一次拜見未來家婆（廣東人稱丈夫的媽媽）呢。」

「未來家婆？你是指那個和李雯思去廣州的朋友的媽媽？」

「是啊！雯思是和男朋友一起去廣州的，他們真是天生一對呀，都很會畫圖畫，能夠互相欣賞。雯思沒有跟你提過嗎？」

「……」丘國良像是被五雷轟頂那樣，知青和他再講甚麼他都不大清楚了。

第二天一早，他就搭公共長途車離開了。在車上他想起一句唐詩：花開堪折直須折，莫待無花空折枝。

他喃喃地說：「真是抓而不緊等於不抓……唉！空折枝了……」

二零一五年一月十日

初戀

我們幾個同學，烈日當空下，戴着笠帽走了十多公里的山路，翻過一座大山，向下走了近一千級的石階，衣服都被汗濕了，終於到了M公社的鎮上。問了鎮上的人，很快就找到魏華龍的家，他住在M鎮上的木造老平房，房子不大，光線也不足，但相當整潔。他的媽媽見到我們很是興奮，雖是初次見面，也嘰哩哇啦地說個不停。魏華龍請我們坐下，拿了幾個碗給我們倒涼水喝，這時有個年青女孩子手裏拿着一簸箕的芥菜和茄子走進來，魏華龍的媽媽把她介紹給我們，原來她是魏華龍的妹妹魏華芳，剛從自留地裏摘菜回來。她笑着說：「歡迎你們來！早就聽華龍哥說過你們會來的。」說完就進廚房弄菜去了。我看着她的背影，真

福建永定縣的土樓

想跟着她到廚房裏去，好好地看清楚她，這麼驚鴻一瞥，我已被她的漂亮鎮住了，白裏透紅的鵝蛋形臉，天然紅潤而略為豐滿的嘴唇，上唇微微上翹，好明顯的雙眼皮，長長的睫毛，眼睛機靈而美麗，當我們的視線一碰上時，我的心竟砰砰狂跳起來，雖是農村姑娘的裝扮，卻美在樸素之中，也許這就是天然的美吧。

沒想到魏華龍有這麼美麗的妹妹，真慶幸那天認識了魏華龍。我們和魏華龍是在我們公社的墟市裏認識的，大約是在半年前吧。

這些都是上一個世紀七十年代初的事了。一九六九年時我和大批剛回國沒幾年的學生，響應國家的號召，在閩西永定縣的農村安家落戶，拿起鋤頭正式當個農民了，我們有個名稱，叫作「知識青年」，簡稱「知青」。當時我和一些同學是到永定縣的G公社當知青的。每逢星期六，G公社鎮上是墟日，那一天來自附近的農民雲集在那裏，買東西、賣東西、逛街等等好不熱鬧。有一個墟日，我們幾個同學因為買鴨蛋而認識了魏華龍。原來他家裏養了二十多隻鴨子，當收集有幾十隻蛋時，他便會過來賣蛋。他說他原本是住在印尼加里曼丹島南部的馬辰市，一九六零年時跟父母親全家回國來的，他們回到自己的家鄉，就是和我們G公社隔着一座山的南靖縣M公社。

因為他會講印尼話，我們很快就熟絡起來了。此後每逢他來我們公社賣鴨蛋，就會找我們談天，並力邀我們到他家裏玩，他說他的母親很想見從印尼來的同鄉。於是便有了前面講到的，我們到他家裏探訪，碰見魏華芳的事了。

認識魏華芳，我自然非常高興，但是當時表現得最興奮的，應該是華龍的母親，也許就如她說的，已將近十年沒有如此暢快地講印尼話了。她自稱是馬來族人，本來很不想離開印尼的，因為魏華龍的父親執意要回國，她才不得不跟來。沒想到回來剛好碰上「困難時期」，他們用帶回來的值錢東西逐步賣掉來維生；華龍父親回國後不久就生病，沒多久就去世了。那時華龍十一歲，華芳十歲，她一個外族馬來人，連當地的客家話都還講得不好，好不容易才帶大他們。好在這兩年華龍、華芳也下田勞動爭工分了，生活才好過一些……

他們熱情地留我們吃了晚飯，才讓我們回去。

過了兩三個月，我有事要到廈門，最方便的路線，就是到M公社鎮上搭長途車到漳州再轉車，M公社每天有一班來往漳州的長途車。那一天我到了M公社汽車站售票處，才知道從漳州開過來的班車在半路上拋錨，所以沒車了，只好明天再來。可是擔心明天乘車的人會很多，怕車票買不着，就想托魏華龍明天早些幫我買好票，我從家裏到M公社要走兩個鐘頭的山路，到時就不必焦急趕路了。到了魏華龍的家，華龍和母親做工去了，家裏剩下華芳在煮豬飼料，她一見到我，就站起身迎接我，並叫我：「知青哥！」我把來意說了，華芳一口答應下來，我便把買車票的錢交給她，就和她告別，她卻硬留我吃午飯，我說怎好意思呀！她嬌嗔地說不吃就是看不起她，我說哪敢看不起呀。於是我便坐下來看她往大灶裏添柴……。說真的，我心裏才不想走呢。

待她煮好飼料後，就帶我到他們的自留地挖小蘿蔔，這種小蘿蔔特別的甜。她煮好蘿蔔，拿了一缽蒸飯給我，我喝了一口蘿蔔清湯，真的好清甜啊，心裏很感激她，抬頭看她，她站在桌子那一邊，正笑吟吟地看我吃飯。她略豐滿的紅唇和微翹的上唇，平時就已那麼吸引人，再加上這種笑容可掬的態度和因為微笑而略瞇着的大眼睛，更是嫵媚好看了。我感到自己有些意亂情迷，趕緊低下頭吃飯，提醒自己別胡思亂想！吃着她特地為我做的甜蘿蔔拌飯，心裏甜滋滋的……

此後的日子裏，有機會我總要到他們家坐一坐，但路途遙遠，大家都忙於工作，機會實在不很多。還好，華芳也會跟着華龍來我們公社的墟市，並說我心細要我幫她選購東西，那我正好可以陪她逛墟市了。有一天和她一起逛墟市，她嘰嘰喳喳地說個不停，我在旁邊看着她的一顰一笑，真是賞心悅目。在墟市裏走累了，我帶她到麵店吃湯麵，她說：「別浪費，我帶有熟番薯，一起吃番薯吧！」這次我不依她了，硬把她拉進鋪裏，買了兩碗湯麵，她把她碗裏的麵，夾了一半到我碗裏，我連忙阻止她，說：「你吃那麼少怎麼行啊！」她說：

「我的飯量就是這麼小，不少了！你這麼瘦，真的應該多吃一點。」

她又從布袋裏掏出兩隻熟鴨蛋，剝去蛋殼，放一個在我的碗裏，叫我吃，接着又把自己碗裏的鴨蛋，分了一半放在我的碗裏，我沒料到這一着，連忙用匙羹撈起，要還給她，她挪開碗，說：「知青哥，你吃吧，我們自己養鴨子，蛋有的是，你們知青沒有家人照顧，平時肯定吃得很隨便，你看你瘦得像個猴精。你就吃吧，算我求你了。」

吃過麵，她叫我帶她看我們知青的自留地，她一看就搖搖頭說：「你們城市人就是不會種地！」說完就動手幫我們整理，又教我種四季豆，並插了幾枝竹條，日後豆藤便能沿着竹條向上生長……直到太陽偏西了她才搞完，又叫我把破了的衣服拿出來，她說她家裏有縫衣車，給我補好了下次帶回來。臨別時她從布袋裏拿出三個煮熟的鴨蛋和幾個番薯，放在我的廚房桌子上，笑着說：知青哥，記得吃胖點。

和她在一起逛墟市，能聽她嘰嘰喳喳地說話，欣賞她的一顰一笑，墟市裏有時人多擠逼，把她擠靠在我胸前，可以聞到她身上的汗味。所有這一切都使我非常的愉快。尤其她對我的關心，真暖到心裏頭。說真的，我心裏總是渴望見到她，幾乎時刻都會想起她，但因為知道自己是知識青年，憑自己掙的工分，連自己都還養不起，哪裏還敢想其他的事呢？

後來我隨着許多同學到香港去了，臨走時很想去見華芳，但想到自己既無一技之長，也沒有大學畢業文憑，在香港不但人生地不熟，還沒有錢，到底能否在香港立足，自己都沒有信心！見到華芳，哪有膽量叫她等我呢。不叫她等，等同放棄了她，自己就沒有機會了。還是到了香港看情況再說吧，只要站得住腳了，馬上回來找她，因此決定暫時先不找她。

到了香港，發現工作非常難找，聽人說是因為「石油輸出國組織」實行石油禁運，打擊西方國家經濟，影響香港的工廠接不到定單。當時我好不容易才在塑膠廠找到工作，但是一星期只能開兩天工，賺來的工資用來交房租都還不夠。我雖然掛念着華芳，心裏焦急，但現實是自身難保，真無法可想。

就這樣捱了將近兩年，才找到一個薪水雖不高，但比較穩定的工作，並有了一些積蓄，我有了起碼的經濟條件，可以申請華芳過來香港了，我馬上決定到M公社去找華芳。下一步待條件好些，就把華龍和他母親也申請出來，她母親就不用再那麼辛苦了。

我提着裏面裝着速食麵和各種副食品的大件行李，來到M公社華芳的家門前，見大門敞開着，我就在門前高聲叫華龍的名字，從廚房走出的是華龍的媽媽，她打量了我好一會，忽然流下眼淚，抓住我的手，說：「你怎麼現在才來呀？」

「……，華芳在嗎？」

「華芳出嫁了！」

「……」聽到這一句，猶如晴天霹靂，讓我呆了好一會，等到我回過神來，她便對我說：「這些年許多人給華芳做媒，華芳就是不答應，後來華龍偷偷告訴我，說華芳可能喜歡上G公社的知青哥，也就是你呀。華龍說以前叫華芳陪他到G公社賣鴨蛋，華芳總是說怕翻山的那一千級石階山路，不願意去。自從認識知青哥之後，就主動跟着去了，到了G公社就拉了知青哥不知跑到哪裏去……。當時我聽了就想，如果華芳和你結婚，我很贊成，所以就叫華龍去你們公社找你，他們告訴華龍，說你幾個月前去了香港，也沒有音訊……」

接着她埋怨我不告而別，並告訴我華芳知道後病了好幾天，躲在房裏不出來。大約一年前，她忽然答應媒婆，出嫁了。

「她老公，人好嗎？」

「好，很老實，很勤勞，很聽華芳的話！他們已經有個小女兒，剛滿月。」

「他人好就好……」當時我心有所失，但心裏還懂得希望她幸福，希望她嫁到好人。

「出嫁前一晚，她哭個不停，」華龍的媽媽繼續說，「我安慰她，和她談心。她終於講出和你的事，她說最先很同情你離開家人，一個人跑到山溝裏和陌生農民一起生活，心裏想幫你。和你在一起時覺得很開心，就夢想過和你做夫妻，但你們之間從來沒有攤開來說清楚。你走了之後，她覺得自己是農村姑娘，只有初中程度，香港的城市女孩子肯定比她強，她配不上你。但是她還是抵受着村裏人和媒婆的催嫁壓力，等了一年。最後她相信你在香港已經找到了比她好的城市姑娘！她說她想開了，只要你幸福她就應該為你高興的，只是看到最後結果竟是這樣，她就是想哭！」聽到這一番話，我恨自己太多顧慮，太沒膽量了，辜負了自己心愛的人。我的心在哭，卻哭不出聲，我的腦袋像空了一樣……

回到香港後，我總是處在懊悔和自責之中。經常後悔當時沒去見她一面，但又覺得華龍媽媽說得也對，她的心好容易才平復，我不該再去見她，那會是害她的。我希望她開心，希望她幸福。她找到了好丈夫，我該為她高興才是。

過了好長的一段的思念、後悔和自責的混亂時日，有時甚至懷疑人生是為了甚麼？也許工作也因此分心，多了失誤，公司竟給我辭退信……

有一天意外地收到華龍的信，除了報平安和問候之外，還告訴我，華芳知道我回M公社找她的事了。她很開心，她說她沒看錯知青哥，她甘心了。並叫華龍寫信告訴我，她現在很好，她唯一的希望是知青哥努力向上，找個好嫂子，有空時和嫂子一起回來玩。

確實，我希望她開心和幸福，她也肯定不想看到我這樣頹廢的，我應該振作起來……

二零一五年一月一日

偷渡回家

一九七五年春節剛過去幾天，王國進和妻子小燕，搭飛機從香港飛往南方熱帶的雅加達，他的那顆心也像雅城的氣溫一樣熾熱起來了，因為就要回到牽掛了十年的家，而家裏有他日夜掛念着的父母親！

他和妻子小燕高興之餘，卻又忐忑不安，因為他們這次是「偷渡」。偷渡回他們出生的國家，他們原來的家。當地政府，基於他們是華裔，當年又回中國去了，於是拒絕他們回來，連旅遊簽證也不批。

一九六零年代，因為當地政府排華，許多華僑和華僑學生回國去了，湊巧中國又發生了天怒人怨的文革十年浩刼，極左思潮與勢力蹂躪整個中國，歸僑也不能倖免。幸喜在一九七一年下半年開始，中國政府對願意出國的歸僑發給出國許可證，於是幾年間，港澳兩地就湧進了許多歸僑，因為回不了原居地，執意要回去的人，便只能想辦法偷渡了。

王國進找神通廣大的古先生安排這次偷渡，小燕在飛機上擔心過關時出問題，他安慰她說，古先生很有信心地安排好一切。結果是真的，古先生派人在機場接應他們，順利過了關，並把在當地生活所需要的證件交給他們。第二天他們已回到離雅加達約一百多公里遠的萬隆市老家了。

見到了久別的父母，王國進悲喜交集。這十年經歷了許多意想不到困苦危難，甚至曾經以為，永遠也回不了這個家了，好不容易，今天才得重逢，真是恍如隔世啊！不過怎麼才十年不見，父母竟變老了這麼多呢？他激動地抱着父母親痛哭……

接着的一個月裏，王國進沉浸在久別後團圓的幸福中，他那裏也沒去，靜靜地呆在家裏，好像是要補償十年離別的缺憾一樣。父親告訴他，現在萬隆來了很多像他那樣當年回國的人，他們被稱為「非法移民」，有些人被人告密給警察抓進牢裏去了，有些人被不務正業的親友或流氓威脅告密，勒索金錢。為免惹麻煩，他們商議後，王國進決定離開萬隆的老家，到雅加達近郊地區租房子住，避開熟人，以策安全。

王國進在雅加達安住下來了，並在雅加達的一個巴刹（市場）租了一個檔位，賣一些日常電器小用品，總算安定下來了，就這樣平靜地過了一年多。一天他父親來看望他們，給他帶來了兩個消息，第一是幫他們安排偷渡的古先生，派人告訴他父親，說古先生在雅加達的辦公室被警察抄了，王國進的照片有可能被警察抄走，古先生擔心便衣警察拿着照片到唐人街認人抓人。所以通知王國進暫時不要去唐人街。這消息好像一粒石子投進平靜的湖水，在王國進本來已平靜的心湖，激起漣漪，警告他別忘了自己是非法移民啊！從那以後，他一聽到有汽車停在家門口時，心裏就會感到恐慌，生怕是警察來抓他的！

好在他父親帶來的第二個消息是令他興奮的，就是他在大陸生活時，和他一起度過最難捱的時日的好朋友林萬安到家裏找他。原來林萬安也回到萬隆了。

第二天王國進就跟父親回萬隆，連夜去拜訪林萬安。原來林萬安偷渡回來已有半年多了，就和母親住在他原來的家，他姐姐安排了一個銀會，籌到一百五十萬盾（那時幣值比現在大很多），給他做本錢，打算和他的哥哥合資開個小型食品加工廠。王國進聽了，甚感驚奇，怎麼林萬安膽敢在家裏住，又公然開銀會籌本錢，一點也不怕被人告密或勒索呢？林萬安解釋說：「告密勒索的人，是找拿得出贖金的人家。我們家沒有錢，大家都知道。有句話不是說無產者最大膽嗎，所以我不怕！」

接着林萬安告訴王國進有關他們的好朋友李德光的事：「李德光剛回到萬隆時，幫他辦理偷渡的旅行社剛好出事，連累他也被警察抓去了，據說以非法入境罪被判坐牢，好像到現在都還沒放出來。」

「還有，可能因為萬隆偷渡回來的人較多，他們有了一個方法，就是到警察局自首，可以保釋在外，然後排期到法院審訊，法院會判坐牢幾個月，出來後就是合法的外僑居民，這樣就不怕被人勒索了，當然這一個過程肯定需要花一筆錢，而且必須坐牢。」

「怕坐牢的，」林萬安繼續說，「就可以申請延遲審訊半年，當然就要再另外花錢，以後到期了又再花錢延期，就這樣一直申請延期。我們班上的梁偉立，他父親叫他一了百了，去接受審訊和坐牢，出獄之後，就無後顧之憂了。他對我說，在牢裏有錢就行！同牢的當地人，幫他煮菜，洗衣，按摩，坐牢簡直是做皇帝一樣。不知是不是吹牛？」

「還有阿K，你還記得嗎？」林萬安接着問。

「是很會彈吉他的那個阿K嗎？」

「對！他很早就偷渡回來了，可能被人勒索，把他當作搖錢樹，最近他跑到澳洲去了，可能是移民了。」……

老朋友異地重逢，處境又相似，格外話多，他們竟談了一宿。

這次與林萬安相聚，王國進瞭解了許多同樣是偷渡客的不同命運和道路，他自己反而陷入困擾之中，他深深地體會到，非法移民們不解決這個身份問題，始終就生活在擔心被人告密、被勒索，甚而被抓進監牢的陰影之中！到底該怎麼抉擇處理自己的身份問題呢？王國進陷入進退兩難之中，這麼一拖又過了一年多。有一天他騎摩托車時，被人撞了一下，明明是對方不對，卻被對方打了兩個耳光，還罵他騎車不帶眼睛！他覺得明明就是欺負他是華人，他對種族歧視特別敏感，對此事耿耿於懷，加上「非法移民」的身份問題始終使他不得安心，幾經考慮終於步他們的朋友阿K的後塵，第二次告別出生地，回香港去了。

在回香港的班機上，他閉目養神，思想卻在跑野馬，他很有感觸：南有種族歧視，北有政治歧視，中間的香港，原來就是歸僑的洞天福地。

「真是歸僑的洞天福地啊！」他喃喃地說出聲來，旁邊的小燕聽不清楚，問他說甚麼？他說：「沒甚麼，我說香港好⋯⋯，回香港最好！」

後話：留在當地的非法移民，過了相當一段時間，在當地的政治民主化之後，大部分都歸化成當地籍民，不用再做地下居民了。

二零一二年十一月三日

後記

● 黃梅麟

雖然自高中畢業後的四十多年來，基本上不曾動筆，沒想到的是，寫作卻成為近幾年來，我消磨時間的一種興趣，而這興趣的根源，可以追溯到中學時代的作文課。當年老師的讚美使我對作文課情有獨鍾。到高中時代，在老師的鼓勵和支持下，我把文章投到雅加達的生活週報學生園地和首都日報副刊，雖然文章常被刊出，其實只是稚嫩的校園文章而已。我在這裏提起這事，只是說明我在學生時代就對寫東西較有興趣。

高中畢業後，我就不再寫東西了。因為我回國去了，恰逢國內搞文化大革命，看見許多人，都是因言獲咎，因此就不再動筆。幾年後來到香港，卻一直忙着找錢養家，連看書的時間都很不夠，更不必說寫東西了。轉眼間幾十年就過去了，直至二零一二年，那時已退休多時，在同學的鼓勵下，才開始在香港的僑友網貼一些文章。

在僑友網認識了香港著名作家東瑞先生和夫人蔡瑞芬女士，使我有機會接觸東瑞先生的文章，尤其有關怎樣寫作的文章，對我幫助很大，畢竟我是沒有受過寫作訓練的人，特別需要這方面的知識。後來我的一些作品，又得到東瑞先生的真誠指點，使我更明瞭自己寫作上不足之處，得益匪淺。就這樣，我才能繼續寫到現在。東瑞先生不但是真誠的朋友，而且是我寫作的老師呢！

寫作促使我回憶，回顧自己的一生，讓一些昏昏噩噩時期留下的蛛絲馬跡，逐漸明顯起來，期間，許多感動也不時出現。於是以前的一些印象會逐漸清晰起來，某些事情的面貌會改觀。比如說，對父親就更加瞭解了，當年的一些不理解逐漸明白了，一些誤解也釋然了。更清楚地看到他值得我學習的品格，看到他對孩子們的慈愛，看到他對我潛移默化而深刻的影響……

這樣的回憶，也使我看到許多的朋友，雖然他們好多都不知在哪裏了，然而友誼的溫馨還在心中湧現。真沒想到，為了寫作，使我動腦筋，無形中對自己的人生更明瞭。我把這些感動和感想寫出來，便成為一篇篇的作品。

雖然我儘量把這些感動和感想如實寫出來，畢竟我的寫作技巧不怎麼樣，經常寫出來後感覺表達不到那真實的感動或感想，只好修改了一次又一次，甚至曾經始終不滿意而放棄。不過我寫出來的那些事，當時是有那麼一回事的，在某種意義來說是記錄了歷史，可以說是歷史的旁證。例如六十年代印尼排華的事，文化大革命老師被鬥爭的事，知青在農村的情況，七十年代石油禁運時香港難找工作的情況，等等。

近年我周圍的人們，包括老伴，兄弟，親友和網友等等，都叫我將寫過的作品結集成書。我自覺文學基礎低微，何來資格出書？故一直不敢有所動作。最近被他們「逼迫」得緊了，我便去請教東瑞先生和蔡瑞芬女士，他們都認為我可以出書了，於是便有了這本書。

希望我對過去一些事的感覺，我對這個世界的感情，能通過這本書和大家共享。